少年伯爵は月影に慕う

流　星香

15267
角川ビーンズ文庫

少年伯爵は月影に慕う

Contents

ベルナルド
たおやかな外見に騙されがちだが、強気なオレサマ美少年。正義感に溢れる少年。ピアノが得意。事故をきっかけに、「求血鬼」になってしまう。愛称はベル。
レオニール
本人はいたって気にしていないが、軍部で絶大な人気を誇るレオニール小隊の隊長。他人を守れる力を持つことを目標に、日々自らを鍛えている。怪物を退治しているうちに、「給血鬼」となる。愛称はレオン。
少年伯爵は
月影に慕う
イラスト●おおきぼん太

フェルナンド

士官学校時代から苦楽を共にした、レオニールの親友。公私ともに、レオニールの補佐を務める人物。「給血鬼」の因子に目覚めたレオニールに忠告する。愛称はフェル。

セルバンティス

ベルナルド至上主義の伯爵家の執事。4歳の時にベルナルドの父親に保護されて以来、伯爵家に勤めている。己の全てを賭けて、ベルナルドを守ろうとする。愛称はセルバン。

ジョシュア王子

クールで美しい外見の持ち主で、ベルナルドがお気に入り。傲慢で腹黒な面もある。自分の意のままにならないと、強硬手段に出ることも…。謎多き王子。

ハニーデューク

謎に満ちた闇医者。美形で酒好き。常に酔っているが、豊富な知識と、高い医療技術を持つ。ベルナルドとレオニールに、「禁忌の契約」を教えた人物。

本文イラスト／おおきぼん太

第一光　天使のお茶会

ジョシュア王子直々《じきじき》の誘《さそ》いは、よほどの事情がなければ、貴族として辞退できない。

「はい、あーん」

花が咲《さ》き乱れ、眩《まぶ》しい光溢《あふ》れるサンルームで、ジョシュア王子は銀の器《うつわ》からラズベリーを摘《つま》み、にこにこと微笑《ほほえ》んでベルナルド伯爵《はくしゃく》に差し出す。

「あ、あの……」

赤ん坊《ぼう》ではないのだから、そうやって差し出されなくても、ベルナルド伯爵は自分でラズベリーを食べられる。躊躇《ちゅうちょ》する伯爵の唇《くちびる》に、王子はちょんと人指し指で触《ふ》れる。

「さっきダイスで勝ったのは、誰《だれ》だっけ？」

「……ジョシュア王子です……」

答えた伯爵に、長い金色の髪《かみ》をさらりと肩《かた》を滑《すべ》らせながら満足そうに王子は頷《うなず》く。

「そう。だから、おとなしく食べさせたまえ」

王子はもう一度伯爵にラズベリーを差し出し、伯爵は観念して雛鳥《ひなどり》のように口を開けた。

ガラス張りのサンルームで金の髪の可愛《かわい》い伯爵様が、見目麗《うるわ》しい王子様と仲睦《なかむつ》まじくお茶の時間を楽しんでいる姿は、サンルームの外からもとてもよく見える。伯爵が王子に呼ばれて宮《きゅう》殿《でん》に来ているとき、仕事をしている女官や兵士たち、近くを通り掛《か》かる国王と貴族の姿をよく見かけるのは、決して気のせいではない。王子に遠慮《えんりょ》して、じろじろと眺《なが》められているわけではないが、注がれている視線が伯爵には痛い。

(嫌《いや》だなぁ……)

王子が、ではなく、王子にしてもらっていることが。王子に気に入ってもらえるのは貴族として大変光栄なことなのだが、外から丸見えの場所でこんなふうに可愛がられるのは、思春期真《ま》っ只中《ただなか》の十六歳の伯爵様にとっては、かなり恥《は》ずかしい。嫌がって頰《ほお》を染めて恥じらう伯爵の様子が、王子の嗜虐《しぎゃく》心を心地《ここち》よくくすぐるのだから、事態は改善されようもない。

「はい、ベルナルド伯爵」

甘い香《かお》りを放つ赤い宝石のような小粒《こつぶ》の果実を、そっと口に入れられた伯爵は、金色の睫毛《まつげ》を静かに伏《ふ》せて唇を閉じる。

(あ……、酸《す》っぱい……!)

ラズベリーは甘いだけではなく、酸味もある果実だ。きゅっと酸っぱい顔になった伯爵に、くすりと王子は笑う。

「あれ？　酸っぱかったかい？　わたしにはちょうどよかったんだけど」

味覚には微妙《びみょう》な個人差がある。誰かが十分に甘いと感じる物でも、他《ほか》の者が口にすると、酸味を強く感じたり、苦みを感じたりすることがある。王子の卓《たく》は、いつでも完璧《かんぺき》でなければならない。果物を用意した者が叱《しか》られないよう、ベルナルド伯爵は慌《あわ》てる。

「美味《おい》しいです……！」

必死の様子に、王子は微笑む。

「そうかい？」

金の髪の可愛い伯爵様は、外見は真っ白ふわふわの兎《うさぎ》のような愛玩《あいがん》動物系でありながら、誰もが恐《おそ》れる醜悪《しゅうあく》な怪物《かいぶつ》を前にして、自分が囮《おとり》になって怪物を引きつけ、法廷《ほうてい》から怪物を連れ出すという大胆《だいたん》な行動をとる。小さな果実如《ごと》きでは、弱音など絶対に吐《は》かないだろう。

「本当です」

にこやかにきっぱり言い切って、伯爵は王子に無礼にならないよう気を付けて手を伸《の》ばし、ラズベリーをひとつ摘む。美味しいと証明するために、ラズベリーを口に運ぼうとする伯爵の手首を、王子はやんわりと捕《と》らえる。

「駄《だ》ー目《め》。わたしが食べさせると言っただろう？」

伯爵が自分で食べるのは禁止。王子は摑《つか》んだ伯爵の手を引き寄せ、摘れていたラズベリーごと、ぱくりと伯爵の指を口に入れた。

（うわ！）

王子の唇で指を食《は》まれ、その行為《こうい》と柔《やわ》らかな感触《かんしょく》に伯爵は驚《おどろ》く。びっくりしている伯爵を気にせず、王子は伯爵の指から貰《もら》った、ラズベリーを味わう。

「うん、美味しいな」

にこやかな王子に、そうでしょうと相槌《あいづち》を打つのも恥ずかしく、伯爵は戸惑《とまど》いながらも笑《え》みを浮《う》かべて頷く。食べられてラズベリーのなくなった手を戻《もど》そうとした伯爵だが。

「あぁ、悪い。汚《よご》してしまったね。これからピアノを弾《ひ》いてもらう大切な指なのに」

王子は掴んだ伯爵の手を離《はな》すどころか、ラズベリーの果汁《かじゅう》で赤く濡《ぬ》れた伯爵の指を、自分の口に運んだ。

(うわうわうわ……！)

口に含《ふく》まれ、温かい舌で指を舐《な》められる感触に、赤くなった伯爵はぎゅっと目を瞑《つぶ》る。

「はい。綺麗《きれい》になった」

「――ありがとうございます……」

機嫌《きげん》のいい王子に、伯爵は恐縮《きょうしゅく》して頭を下げる。

「じゃ、次はこれね」

王子は皮を剥《む》いて飾《かざ》るように置いてあったオレンジの実を摘んで、伯爵に差し出す。

「いただきます」

「どうぞ」

南国の香《かお》りのする果実を食べさせてもらった伯爵は、ふわんと頬を綻《ほころ》ばせる。

(甘い)

これは文句なく、とても濃厚《のうこう》に甘い。明らかに表情の変わった伯爵に、くすくすと王子は笑った。

からは、その甘さを基準にして支度《したく》させよう」

気を遣《つか》って歓待《かんたい》してもらえるのは有り難《がた》いのだが。

（まだこの『次』があるんだ……）

美味しく味わって微笑みながら、伯爵は少し切ない気分になる。

金色の上等の二匹《ひき》の猫《ねこ》が戯《たわむ》れているような、見守る者たちにとって眼福の微笑ましいティータイムは、ベルナルド伯爵には些《いささ》か過酷《かこく》なようである。


しばらくお喋《しゃべ》りをしながら果物やお茶を味わった後、王子がピアノを聴《き》きたいと言ってくれたので、伯爵はほっとした気分で、サンルームに運ばれていた白いグランドピアノを弾く。

長椅子《ながいす》に優雅《ゆうが》に腰掛《こしか》けたジョシュア王子は、伯爵のピアノに耳を澄《す》ます。

「そういえば、伯爵のところの執事《しつじ》の彼――、セルバンティスは、いつ騎士《きし》の称号《しょうごう》を受けてくれるんだい？　今日は来ていないようだね」

伯爵を宮殿まで馬車で送り迎《むか》えするのは、オースティンの仕事だ。伯爵が幼いころから一番近くで働いてくれているセルバンティスだが、貴族家の血を受け継《つ》ぐ者ではない為《ため》、伯爵が宮殿に出掛《でか》けるときには同行しない。

王子の誕生日の祝宴《しゅくえん》で、崩《くず》れ落ちるグラスタワーから、セルバンティスは王子と伯爵を身を挺《てい》して守った。セルバンティスのお陰《かげ》で、王子と伯爵は傷ひとつ負わずにすんだ。この時のセルバンティスの勇気と功績を讃《たた》え、騎士の称号を授与《じゅよ》しようという話はいただいたが。

「セルバンは……、身に余る栄誉《えいよ》だと申しております。そのお言葉だけで、十分だと」

この件については、騎士の位を授与しようというストロハイム国王に、伯爵《はくしゃく》の祖父トールキンス侯爵《こうしゃく》から、辞退したいと断りが入れてあるはずなのだが。

(納得《なっとく》、されていないのだろうか……)

ピアノを弾きながら、そっと伯爵はジョシュア王子の様子を窺《うかが》う。王子は伯爵が心配するまでもない、機嫌のいい様子で、組んだ足の先が軽くリズムを刻んで揺《ゆ》れている。

「欲がないな。彼のような人には、どんどん手柄《てがら》を立ててもらって、偉《えら》くなってもらいたいのに」

「伯爵家の執事に対し、もったいないお言葉、謹《つつし》んでお礼申し上げます」

奏《かな》でている曲も乱さずに優雅に会釈《えしゃく》した伯爵に、王子は微笑《ほほえ》む。

「あぁ、そうか。騎士の位を授与されたなら、彼は伯爵家の執事を続けられなくなってしまうからかな?」

騎士は名誉《めいよ》階級なので、一代限りで位を子孫に受け継がせることはできないが、国王から位を授《さず》けられるということは、セルバンティス自身が地方領主の一人になるということだ。当然、執事を続けるわけにはいかないので、ベルナルド伯爵家を出ることになる。

「いえ、そんな……」

ストロハイム国王の厚意《こうい》を無にするなどという、恐れ多いことをセルバンティスが選択《せんたく》したわけではない。今のセルバンティスは、右腕《みぎうで》と左目、そして声を機械で補っている。公《おおやけ》の席に出れば、誰《だれ》かの目に留まるかもしれないし、一言も喋らないわけにはいかない。ベルナルド伯爵が吸血鬼化《きゆうけつき》したことは、伯爵家にとって不名誉なことであり、領地と領民を守る為にも絶対に伏せなければならない秘密だ。吸血鬼化した伯爵を守って怪物と戦った際に右腕を失ったことや、怪物と戦う為に機械仕掛《じか》けの義手と義眼が必要だったのだと、セルバンティスは生身を機械化した理由を明らかにできない事情がある。

困り顔の伯爵を慰《なぐさ》めるように、サンルームの天窓の隙間《すきま》から入りこんだ小鳥たちが、ピアノを弾く伯爵の肩《かた》に乗ったり、ピアノの上に止まる。

「わかってるよ」

悪戯《いたずら》っぽく笑ったジョシュア王子は、ピアノの音楽を楽しみながら、軽《かろ》やかに椅子《いす》から腰《こし》を上げ、伯爵の肩に勝手に懐《なつ》いている小鳥に、そっと手を伸ばす。飼《か》い馴《な》らされているわけではない小鳥は、差し出された王子の手を避《さ》けるように飛び立ち、伯爵のもう一方の肩に乗る。

「崩れ落ちるグラスタワーからわたしと伯爵を守ってくれた彼は、勇敢《ゆうかん》な活躍《かつやく》をしたけれど、わたしが彼に助けられたのは、ベルナルド伯爵、君が一緒《いっしょ》にいたからだ」

ジョシュア王子は、伯爵の背にかかる髪《かみ》を一房《ひとふさ》手に掬《すく》い、口づけを贈《おく》る。

「彼は、わたしの為に動いたわけではない」

「いえ、そ、それは……」

否定できない。セルバンティスは、ベルナルド伯爵を中心にして行動を起こす。伯爵があの事故に遭《あ》っていなければ、セルバンティスが出てくることはなかっただろう。伯爵は余韻《よいん》を残して、王子のリクエストした曲を奏で終える。

「羨《うらや》ましいよ。あんな忠実な執事が仕えてくれているなんて」

小鳥を払《はら》いのけ、伯爵の肩を抱《だ》いた王子は、星を浮かべた菫色《すみれいろ》の瞳《ひとみ》で自分を見上げる伯爵に、眩《まぶ》しそうに微笑んだ。

ジョシュア王子とのお茶を終えた伯爵が屋敷《やしき》に戻ると、ランディオールが馭者《ぎょしゃ》をした、領地からの食料品等の輸送の馬車が到着《とうちゃく》していた。領地でしっかり療養《りょうよう》し、病の癒《い》えた弟伯爵は、この馬車で荷物に紛《まぎ》れて都に入ると連絡《れんらく》が来ていた。

「ベールちゅぁーん！」

馭者台を下りたオースティンに開いてもらった玄関《げんかん》の扉《とびら》の奥から、いきなりバラの花が投げられて伯爵は帰宅早々頭からバラ塗《まみ》れになる。

「今日も可愛《かわい》いよー！」

「帰れ、爺《じい》！」

バラがたっぷり入った花籠《かご》を持って突進《とっしん》してくるトールキンス侯爵から、伯爵は身をかわす。呼んでもいないのに、我が物顔で屋敷を闊歩《かっぽ》している祖父は、屋敷を散らかす迷惑《めいわく》な客だ。

「兄上！」

トールキンス侯爵の声を聞き、屋敷の奥から走ってやってきた弟伯爵は、飛びつくようにして、兄伯爵を出迎《でむか》える。

「すみません、兄上。いろいろ御迷惑《ごめいわく》をお掛《か》けしてしまって……」

バラの花塗れの兄伯爵に、ぎゅーっと抱きついた弟伯爵は、きゅんきゅんと懐く。病気で臥《ふ》せっていた為に仕方なかったのだが、オペラ座の柿落《こけら》としや裁判等、本来なら弟伯爵が出席するはずだった大切な公務を、全部兄伯爵に押しつけてしまった。都での公務のことは気にせず、栄養をしっかり摂《と》って治療《ちりよう》に専念するようにと言ってくれた兄伯爵の言葉は、とても嬉《うれ》しかったが、それと同時に本当に自分が情けなかった。

「ただいま、ルディ」

「もういいのか？」

「はい！　頑張《がんば》ります！」

兄伯爵が尋《たず》ねたのは、体調のことなのだが、弟伯爵は公務のことだと思って元気よく返事をした。生真面目《きまじめ》な弟伯爵に、兄伯爵は頬《ほお》を緩《ゆる》める。が。

「――爺、花を撒《ま》くのをやめろ」

投げ掛けやすい距離《きより》をとり、双子《ふたご》の伯爵に向かって、ぱさぱさと。

「トゲは抜《ぬ》いてあるぞ？」

ひょいと近寄ったトールキンス侯爵は、孫たちの髪に花を挿《さ》す。トールキンス侯爵の行いに弟伯爵はびっくりし、そしてさらに見目麗《うるわ》しくなった兄に見惚《みと》れる。(←同じ顔)

「そういう問題ではない！」

頭は花瓶《かびん》ではないと、怒《おこ》る兄伯爵から、トールキンス侯爵は大股《おおまた》で飛び逃《に》げる。

金髪《きんぱつ》の可愛い伯爵様は、そっくりの双子で二倍に増えて、麗しさと愛らしさは二乗。バラを撒きたくなる、トールキンス侯爵の気持ちも周りで見ている者たちには、わからないではないのだが。やられるほうは、大迷惑だ。

侯爵の執事であるタウンゼントが、居間の扉を開く。

「旦那《だんな》様、お茶の支度ができております」

「おぉ、そうか」

孫たちとバラを十分堪能《たんのう》したトールキンス侯爵はバスケットを投げ捨て、意気揚々《いきようよう》と居間に向かう。

「散らかすな！　掃除《そうじ》しろ！」

怒鳴《どな》る兄伯爵の言葉など、聞こえていてもトールキンス侯爵は気に掛けない。憤慨《ふんがい》している兄伯爵に、屋敷にいた使用人たちは、くすくすと笑って、またかと思った。

『お帰りなさいませ、坊《ぼっ》ちゃま』

居間に運び入れたお茶のワゴンで、カップを支度していたセルバンティスは、弟伯爵と二人で長椅子に腰掛ける伯爵に、にこりと微笑む。ケーキを切りわけていたランディオールは、取り分けた皿を侯爵から順に配る。

「桃《もも》が収穫《しゅうかく》されましたので、持ってまいりました生の果実とジャムを使いました。紅茶も桃のフレーバーティーです」

紅茶の放つ、もぎたての瑞々《みずみず》しい桃の香《かお》りが、居間いっぱいに広がって、甘い香りに、伯爵はほっとするが、あまり甘いものが得意ではない弟伯爵は、匂《にお》いだけで十分という気分になる。

ミルクと砂糖をたっぷりと入れられ、ちょうど飲み頃《ごろ》になったカップをセルバンティスから受け取り、伯爵は喉《のど》を潤《うるお》す。

「――うん。美味《おい》しい。紅茶の出来もいいな」

「はい」

満足する伯爵に、弟伯爵は嬉しそうに微笑む。

「今年の果物も、とても甘くて大きいです。領民の皆《みな》が、頑張ってくれたお陰《かげ》です」

ゆっくりと香りを楽しみ、そしてストレートで味わって、トールキンス侯爵も頷《うなず》く。

「うむ。これならば、宮廷《きゅうてい》に献上《けんじょう》できよう。よい出来じゃ」

「お褒《ほ》めに預かり、光栄です」

厳《おごそ》かに答えた伯爵の言葉を聞き、弟伯爵も急いでトールキンス侯爵に会釈した。

弟伯爵は、ミルクだけ入れた紅茶のカップをランディオールから受け取る。

「兄上は今日も、ジョシュア王子にお茶に呼ばれたのですね」

「――前回の、法廷《ほうてい》での件で、興味を抱かれたらしい」

そっと睫毛《まつげ》を伏《ふ》せて、伯爵は溜《た》め息を吐《つ》く。

裁判所に突如出現した怪物たち。裁判所にはたくさんの人間がいたが、怪物たちが標的として狙《ねら》うのは、求血鬼であるベルナルド伯爵《はくしゃく》だ。警備に当たっていた兵士たちが奮戦したものの、怪物の動きを止めることはできず、怪物は伯爵が公務のためにいた法廷に侵入《しんにゅう》した。怪物を誘《おび》き寄せてしまった伯爵は、法廷と裁判所にいた者たちを守るために、怪物を自分のほうに引きつけて、裁判所を飛び出した。

それは凄《すご》いと感心しかけて、弟伯爵は青くなる。

「あ、の、兄上……、もし今後、同じようなことがあった場合には……」

「…………」

無言で紅茶を飲む伯爵に代わって、トールキンス侯爵が言う。

「当然、同じことをせねばならぬ。皆はそう信じて疑わぬからな」

机の上に飛び乗って怪物を刺激《しげき》し、金の髪を揺《ゆ》らして颯爽《さっそう》と法廷を走り出た可愛らしい伯爵様の勇姿は、社交界でも噂《うわさ》になっていた。話されていくうちに、伯爵を讃《たた》える美辞麗句《びじれいく》が尾鰭《おひれ》のようにくっついて、今ではすっかり、心ときめく美談だ。王子が伯爵を呼び寄せて、愛らしい伯爵のその容姿を愛《め》でながら話を聴《き》きたいと所望《しょもう》されても、なんら不思議はない。

どちらかというと、兄よりも気の小さい弟伯爵は、蒼白《そうはく》になりながら頷く。

「が、がんばります……！」

見た目にそぐわぬ豪気《ごうき》さもだが、吸血鬼《きゅうけつき》である兄伯爵には、人間離《ばな》れした運動能力がある。性格のおっとりした弟伯爵は、敏捷《びんしょう》や機転という方面には少しばかり縁遠《えんどお》い。

(ちょっとしくじったかもしれない)

弟伯爵の執事《しつじ》であるランディオールは、事件直後にセルバンティスから報告を貰《もら》い、さっそくトレーニングメニューの組み立てに入ったようだが、想定外の負担を弟にかけることになった兄伯爵は、ケーキを口にしながらこっそりと反省した。

「お祖父《じい》様、今日は王子とダイスをしたのですが……」

「ほお」

最近の王子のお気に入りであるサンルームで、二人が遊んでいる姿を想像して、トールキンス侯爵は頬を緩める。

「……何か王子の苦手なゲームはありませんか?」

勝ちたいとまでは言わない。せめて、互角《ごかく》に持っていけないものだろうか。連戦連敗で王子にいいように遊ばれて、渋《しぶ》い顔をする伯爵に、トールキンス侯爵は爆笑《ばくしょう》する。

「笑い事ではありません!」

「そうですよ!」

頬を赤くして、ぷっとむくれる伯爵に、弟伯爵も賛同する。甘いものが兄ほど得意ではない弟伯爵にとっては、聞いた状況《じょうきょう》を想像するだけで、気が遠くなる。

「ジョシュア王子は、次代の王たる人物だぞ。たとえお遊びであっても、負けるようなことはありえぬよ」

教育係は王子に黒星がつかないよう、上手に指導する。勝ち続けるのは、王者たる者にとって、当たり前のことだ。歴代の王子は皆、そのような教育を厳しく受けている。幼い頃から課せられているものは、伯爵の比ではない。

（……一生敵《かな》わぬままか……）

諦《あきら》めが肝心《かんじん》である。やれやれと溜め息を吐く兄の隣《となり》で、弟伯爵も溜め息を吐いた。

「――そういえば、セルバンの騎士《きし》の位授与《じゅよ》の件についても、王子様はお話されました。御辞退申し上げたのですよね？」

確認《かくにん》する兄伯爵に、トールキンス侯爵は少し驚《おどろ》く。

「ストロハイム国王には、丁重《ていちょう》に言っておいたぞ」

国王は受諾《じゅだく》してくれたし、間違《まちが》いないと言うトールキンス侯爵に、セルバンティスは深々と頭を下げる。

「納得《なっとく》なさっていない御様子《ごようす》なのですか？」

「どちらかというと、残念がっていらした。わたしにはセルバンのような者がいて、羨《うらや》ましいと仰《おっしゃ》ったよ」

（そういえば……）

思い出して、弟伯爵は考える。

「ジョシュア王子様には、いらっしゃらないんですか？」

側仕《そばづか》えをしている特定の者を見かけた覚えがない。弟伯爵は小首を傾《かし》げて祖父トールキンス侯爵を見る。伯爵家の双子《ふたご》の子息には、兄にはセルバンティスが、弟にはランディオールが、幼少期からついている。当たり前の貴族家の慣習なのだと思っていて、気にもとめていなかった。

「いや、おらぬわけではなかったのだが……」

トールキンス侯爵は言葉を濁《にご》す。

「三年ほど前になるか。遠ざけられてしまってな」

斑《むら》っ気なところのあるジョシュア王子は、どんなに気に入っていたものでも、ある日突然《とつぜん》気に食わなくなることがある。王子の側仕えをする者には、相応《そうおう》の者が選出されているはずなので、常識で考えて、解任されるほどの粗相《そそう》があるはずはない。

「その方は、今どちらにいらっしゃるのですか？」

兄伯爵は尋《たず》ねる。伯爵のセルバンティスは確かに、よくできた優秀《ゆうしゅう》な執事だが、王子の側仕えの者に優《まさ》るとは思えない。トールキンス侯爵は寂《さび》しい笑《え》みを浮《う》かべ、遠くを見つめる目で言った。

「まだ宮殿《きゅうでん》で働いているよ。見かければわかる。あの者は、顔に大きな傷痕《きずあと》がある。仮面を付けている若者がいたら、あの者だ」

実力重視の軍部であれば、名誉《めいよ》の負傷として立派に罷《まか》り通る傷痕も、貴族の社会では敬遠される傾向《けいこう》がある。次代の王たるジョシュア王子に最も近く仕え、有事のときには王子の代理として動かねばならない者が、外見で貴族に敬遠されるようではいけない。そのような不安のない者が、選出されているはずなのだが。

トールキンス侯爵は多くは語らなかったが、伯爵たちにはだいたい想像がつく。

その傷をつけたのは――。

第二光　暗闇《くらやみ》の散歩者

「誘《さそ》った覚えはない」

「気にするな」

冷たくあしらう伯爵《はくしゃく》に平然と答えて、卓《たく》についたレオニールはセルバンティスに給仕《きゅうじ》してもらった紅茶を口に運ぶ。

伯爵邸《てい》の温室での深夜のお茶会。日向《ひなた》ぼっこのお昼寝《ひるね》が日課になっている、吸血鬼の宵《よい》っ張り伯爵は、深夜にお茶の時間をとる。伯爵のお気に入りの執事と二人きりのお茶の時間に、屋《や》敷《しき》の塀《へい》を乗り越《こ》えたレオニールが予告もなく参加するのは、珍《めずら》しくない。

「血はまだ足りている」

「そのようだな」

裁判所の東にある半壊《はんかい》した教会で、禁忌《きんき》の儀《ぎ》式《しき》を行ってから、まだ日が浅い。しかし、少し顔色が優《すぐ》れないレオニールを見て、セルバンティスは思案する。

『ケーキよりも、レバーペーストのサンドイッチをご用意いたしましょうか？』

「あぁ。頼《たの》む」

「貴様……！　少しは遠慮《えんりょ》しろ！」

図々《ずうずう》しいとレオニールに怒《おこ》る伯爵に、セルバンティスは穏《おだ》やかに微笑《ほほえ》みながら厨房《ちゅうぼう》に下がる。セルバンティスがレオニールに気を配るのは、レオニールが伯爵に血を分け与《あた》えることのできる対《つい》の吸血鬼だからだが、伯爵には面白《おもしろ》くない。

　セルバンティスが温室から退出して、伯爵はレオニールに尋ねる。

「何か不都合でもあったか？」

　特に用事もなくいきなり押しかけてくる男だが、今夜はどこか違《ちが》う気がする。尋ねられ、レオニールは小さく溜《た》め息を吐《つ》く。

「あぁ……、そうだな。少しばかり面倒《めんどう》なことになっている」

　地下に幽閉《ゆうへい》され、ジョシュア王子に身柄《みがら》を拘束《こうそく》されていたレオニールだが、公式には王子に命じられて特別任務に当たっていた事になっていた。特別任務の内容については、極秘《ごくひ》扱《あつか》いで軍本部にも明らかにされてはいない。小隊を率いて都の夜を脅《おびや》かす怪物《かいぶつ》を多数殲滅《せんめつ》し、活躍《かつやく》もめざましいレオニールだ。王子が学者を集め、怪物について研究していることは、軍部や貴族の誰《だれ》もが知っている。研究していても、確定ではないことは公表されないのが常なので、王子の行動にはっきりしない点があっても追及《ついきゅう》されない。レオニールは口止めされたわけではないが、口外無用であることは暗黙《あんもく》の了解《りょうかい》だ。王子への不敬を恐《おそ》れ、レオニールに探《さぐ》りを入れる者もいない。

美味《おい》しいお茶で喉《のど》を潤《うるお》しながらも、渋い顔のレオニールに伯爵は首を傾げる。

「休暇《きゅうか》中なのだろう？」

特別任務を終了《しゅうりょう》したレオニールには、ジョシュア王子から特別手当が支給され、休暇が与えられた。突然隊長不在となったレオニール小隊は、隊長不在の間、別の小隊に振《ふ》り分けられて活動していた。隊員たちはレオニールの休暇が明けてから、レオニールと一緒《いっしょ》にレオニール小隊として復帰し、任務に当たることになっている。

「フェルナンドが、貴様は働きすぎだと零《こぼ》していたぞ。体《てい》のいい療養《りょうよう》期間なのだから、ゆっくりしろ」

しかし、レオニールは人を守りたいという強い理想ゆえに、給血鬼などになってしまった男だ。怪物発見の合図が送られたことに気づけば、レオニールがおとなしく待機などしていられないだろうことは、伯爵には容易に想像がつく。休暇中にもかかわらず、飛び出してゆくレオニールを、フェルナンドが説教するのが目に見えるようだ。

伯爵の気楽な言葉に、レオニールは額にかかる髪《かみ》を掻《か》き上げる。

「――療養など面倒なだけだ……！」

レオニールに加えられた鞭打《むちう》ちは、常人であったなら、命を落としていただろう拷問《ごうもん》だ。頑丈《がんじょう》すぎるレオニールに合わせてしまった為《ため》に、王子は常識的に考えて『やりすぎ』た。レオニールを治療《ちりょう》した医師も、手は尽《つ》くすものの、命の保証はできないと匙《さじ》を投げた。神の御国に旅立つ為の神父まで呼ばれたレオニールだが、あの地下室から自力で脱出《だっしゅつ》した。レオニールに褒美《ほうび》のひとつとして与えられた休暇は、期限が定められてはいない。レオニールの容態次第《しだい》で、長くも短くもできるように考えられたのだろう。王子の呼んだ医師に治療を受けた、その時には確かに出血多量で重傷《じゅうしょう》でも、給血鬼であるレオニールは日常的に血余りの傾向にあり、治癒《ちゆ》能力は常人離《ばな》れしている。あの後レオニールは、祈《いの》りを捧《ささ》げにきた神父から、四発も銃弾《じゅうだん》を受けて、尚且《なおか》つ地下から自力で抜《ぬ》け出し、半壊した教会で窮地《きゅうち》に陥《おちい》っていた伯爵を助けたのだから、悪くすれば死ぬかもしれないとか、後遺症《こういしょう》が残るかもしれないというのは、まったく無用の心配だ。昼夜の別なく王子に拷問を受けていたときにも、レオニールにとってもっとも厄介《やっかい》だったのが、傷が癒《い》えていくことだった。出血が止まり、薄皮《うすかわ》の張った皮膚《ひふ》に、自分で無理な力を加えて裂《さ》かねばならないのが、一番辛《つら》かった。三、四日身体《からだ》を休められれば、レオニールは完全に回復する。療養休暇など必要ない。必要ないのが、よくない。

考えて、伯爵は言う。

「傷がなくてはいけないな」

休暇中、義父であるウォルター将軍の屋敷に戻《もど》らず、寮《りょう》で一人静養するレオニールに、往診《おうしん》の予定表が届けられた。傷の癒えているレオニールは、その往診を受ける為、医者に不審《ふしん》さを持たれないような傷を作っておかなければならない。

「いつものことだ」

事もなげに言い切るレオニールに、伯爵は驚《おどろ》く。きょとんとした伯爵の表情が、いつもよりずいぶん幼く……、いや、年齢《とし》相応に見えて、レオニールは思わず笑う。隙《すき》のある表情を浮かべた自覚のあった伯爵は、赤くなってむくれる。

「何もおかしくない！　笑うな馬鹿《ばか》者！」

「あぁ、そうだな……！」

レオニールが笑ったのは、金の髪の伯爵様が、あまりにも可愛《かわい》らしかったからだ。

苛々《いらいら》しい様子で、しかし優雅《ゆうが》に、伯爵は紅茶を飲み干す。

「連れて行け」

綺麗《きれい》な動作で席を立つ伯爵を、レオニールは見つめる。

「何処《どこ》に？」

「貴様を往診しようという、物好きな医者のところだ！」

吸血鬼《きゅうけつき》となり家督《かとく》は弟に譲《ゆず》ったが、レオニールから血を搾取《さくしゅ》する立場にある伯爵には、主としての義務がある。

瞬《まばた》いた伯爵の真紅《しんく》の瞳《ひとみ》に、レオニールははっとする。レオニールのように戦う力はないが、吸血鬼として魔眼《まがん》の力を用いることのできる伯爵は、他者に暗示を与えることができる。怪我《けが》が早く治りすぎるレオニールを、『不自然ではない』と思い違いをさせることなど、魔眼の力を用いれば造作もない。軍の小隊長であるレオニールは、ウォルター将軍家の養子であり、貴族家の出だ。軍病院においても、主治医や看護師が決まっている。診療記録《しんりよう》さえ医者に捏造《ねつぞう》させれば、レオニールがわざと傷を付けてから診察を受ける必要はない。

（伯爵、ベルナルド……）

淡《あわ》い月光の射《さ》しこむ玻璃《はり》の温室で、レオニールは眩《まぶ》しげに金の髪の少年伯爵を見つめる。

人の与えた爵位《しゃくい》などなくなろうとも、どこまでも彼は貴族だ。そして、レオニールを従え、命じることのできる者。

（お前でよかった）

この高貴な少年の身体に、自分の血が受け入れられているのだと思うと、レオニールは何だか誇《ほこ》らしい気分になり、くすぐったい。

席を立ったレオニールは、肩《かた》を怒《いか》らせている伯爵に進み出て片膝《かたひざ》をつき、恭《うやうや》しく一礼する。

「我が主の意のままに」

差し出されたレオニールの手に、伯爵は手を伸《の》ばす。優雅にピアノを奏《かな》でる白い手が触《ふ》れるより先に、銃剣《じゆうけん》を扱う無骨な武人の手が、それを掴《つか》む。いきなり引き寄せられ、立ち上がったレオニールの胸に向かって、転ぶように突《つ》っこまされた伯爵は驚いて怒る。

「無礼も……！」

「行くぞ」

顔を上げた伯爵《はくしゃく》に皆《みな》まで言わせず抱《かか》え上げ、レオニールは温室の床《ゆか》を蹴《け》った。

サンドイッチを支度《したく》して、戻るところだったセルバンティスは、矢のような速さで温室を飛び出していく黒い影《かげ》に目を瞬く。

（お気を付けて、坊《ぼっ》ちゃま）

レオニールが付いているのなら、何も心配はいらない。何か用件があって訪問したのなら、レオニールは問答無用で、見つけるなり伯爵を攫《さら》っていったはずだ。伯爵にぜひとも話さなければならない、重要な話を持ってきた素振《そぶ》りもなかった。たいした用事でないのなら、すぐに戻ってくるだろう。

（お茶のカップを交換《こうかん》しておきましょう）

ポットウォーマーに載《の》せたティーポットのお茶が煮詰《につ》まらないよう確認《かくにん》し、セルバンティスは温室の隅《すみ》にある小さな流し台でカップを濯《すす》ぐ。綺麗なクロスでカップを拭《ふ》き、伏《ふ》せてテーブルに戻そうとしたセルバンティスは、ツキンと頭の中を奔《はし》った痛みに顔を顰《しか》める。

『……っ……！』

セルバンティスの手から滑《すべ》り落ちたカップが、テーブルに当たり、床に落ちて割れた。突然《とつぜん》襲《おそ》い来た刺《さ》すような激痛に額を押さえ、割れたカップを見つめながら、セルバンティスは崩《くず》れ落ちるようにしゃがみこむ。

（また、だ……）

不可解な激痛。少し辛抱《しんぼう》すれば、すぐに治まるのだが、最近頭痛に襲《おそ》われる頻度《ひんど》が上がってきたように思える。

（坊ちゃまのいないときで、よかった）

伯爵を心配させることは、絶対に嫌《いや》だ。セルバンティスは近くに誰《だれ》もいないことを、義眼のセンサーで確認し、ほっとする。割れたカップを片付けて、予備に運んでいた同じものと交換する。屋敷《やしき》にはミリアムがいるので、しょっちゅう食器が割れている。セルバンティスが割れ物をひとつ増やしたところで、誰にもわからないだろう。

（身体にある、機械がいけないのだろうか……）

どこか得体の知れない医師、ハニーデュークの手によって、見事に生身の肉体と接合し、失われた部位を補い、機能を向上させる物。だがどんなに便利で高性能であろうとも、それは人工物だ。拒絶《きょぜつ》や負荷《ふか》があっても、何らおかしくはない。だが。

（坊ちゃま――――）

セルバンティスは、温室のガラスの天井越《てんじょうご》しに、月を見上げる。あまたの星々に囲まれ、夜を統《す》べる孤高《ここう》の月。この世でただ一人の、セルバンティスの大切な主は、その月を背後に従え、自ら金色に輝《かがや》くように、高貴な者。

（坊ちゃまと共にある為なら、この身体のすべてを、機械に変えても後悔《こうかい》はしません）

身体に流れる呪《のろ》われた血の為に、吸血鬼と化してしまったベルナルド伯爵。金色の髪の見目麗《うるわ》しい少年は、対《つい》の熱い血がなければ、ひどくゆっくりと歳をとることになる。同年代の人間より、何十年、何百年長く生きるのか、先のことはまったくわからない。

（できることなら、坊ちゃまのお側《そば》に、ずっと――）

その為に、これは耐《た》えねばならない痛み、なのかもしれない。人としてこの世に生を受けながら、自分の意思で生身の身体を捨て、機械に置き換《か》えようとしている、その罰《ばつ》として。


伯爵を抱えたレオニールは、屋敷の屋根から屋根へと跳躍《ちょうやく》を繰《く》り返し、夜を切り裂く刃のような速さで移動する。

胸に抱えた少年の身体は、本当に小さい。強く抱き締《だし》めれば、折れてしまいそうだ。しかし、その少年はダイヤモンドのように眩《まばゆ》い光を放つ、確固たる存在だ。

（力が、溢《あふ》れ出てくる……！）

身体が軽い。跳躍力も速さも、一人のときとはまったく比べ物にならない。レオニールは身体の奥底から、ふつふつと湧《わ》き上がってくる熱いものを感じる。どこまでも、強くなれる。獣《けもの》に、なれる――！

「――おい！」

胸元《むなもと》に響《ひび》く澄《す》んだ声に、レオニールはびくりと肩を震《ふる》わせる。

「わたしを潰《つぶ》す気か！」

睨《にら》み付ける菫色《すみれいろ》の瞳。レオニールの意識を人の世界に引き戻す、高貴なる導きの光。その色に魅《み》せられて、身体の熱はそのままに、レオニールの頭の芯《しん》がくっきりと冴《さ》え渡《わた》る。獣の力はそのままに、人の領域に引き戻される。強引《ごういん》にではなく、鮮《あざ》やかに心地《ここち》よく。

「潰れたら、俺の血を注ぎ入れて、膨《ふく》らませよう」

細い指先、身体の隅々《すみずみ》にまで、たっぷりと行き渡らせる、赤。

思い描《えが》いて、思わずくすりと笑《え》みを零《こぼ》したレオニールに、伯爵は憤慨《ふんがい》する。

「腕《うで》の力を緩《ゆる》めろ！　馬鹿者！」

潰さないという選択肢《せんたくし》を無視するのは、断固として許せない。


数キロという距離《きょり》を瞬く間に移動して、レオニールは医者の邸宅《ていたく》に辿《たど》り着く。人々の寝静《ねしず》まる夜半の訪問は、しかしセルバンティスを同行させた時のように、さり気なくはない。

ちょっと力を加えて、裏口を蝶番《ちょうつがい》の側から破壊《はかい》して扉《とびら》を外したレオニールは、目を丸くして見つめている伯爵に笑う。

「嵌《は》め戻《もど》して帰れば、案外、誤魔化《ごまか》せるものだぞ」

この扉は、明日の朝、内側から解錠されて開かれた瞬間《しゅんかん》に、外れて落ちることだろう。一枚板でできた扉は重く、まさか夜中の侵入者《しんにゅう》が、やってのけたとは思わない。

初めての作業ではないらしく、どこか自慢《じまん》そうなレオニールに、伯爵は溜《た》め息を吐《つ》く。

「貴様に、少しでも期待をかけていたことを反省しなければならぬ」

（セルバンなら、器用に鍵《かぎ》を開けたのに）

誰にでもできることではないのだと、伯爵は自分の執事《しつじ》の有能さを実感した。

レオニールを引き連れ、明かりの落とされた真っ暗な屋敷を、闇《やみ》を苦とすることなく歩いた伯爵は、眠《ねむ》っていた医者を起こして魔眼の虜《とりこ》にし、暗示をかける。

「レオニール、貴様が診察を受ける事は変えない。往診《おうしん》には来させる」

「それでいい」

体面を保つには、それが最良だろう。診療記録《しんりょう》として残る書類さえ『普通《ふつう》のもの』であればいいのだ。


「で、『面倒《めんどう》なこと』とは何だ？」

伯爵はレオニールに尋《たず》ねる。レオニールは療養を面倒だと言った。医者にかかるのはいつものことだと言っていたので、往診が『面倒なこと』ではない。

尋ねられ、レオニールは渋《しぶ》い顔になる。

「監視《かんし》がついている」

寮《りょう》に戻ったレオニールは、見張られている。

「信用のない男だな」

王子に鞭打《むちう》たれ、大怪我《おおけが》を負ったレオニールである。寮に戻っても、常識で考えるなら、ひょこひょこ出歩けるような状態ではない。生死の境をうろついていても、おかしくはない男を、監視する必要があるなんて。

「一気に失墜《しっつい》したようだ。仕方ない」

地下通路は、知ってはならない施設《しせつ》だった。伯爵に聞いたからと言わず、偶然《ぐうぜん》に見つけたのだとレオニールは身体《からだ》を張って言い続けたが、どこまで信用されたものかわからない。いや、信用しないわけにはいかない状態になったが、それでも王子は納得《なっとく》できないのだろう。そうでなければ、監視者など差し向けない。

レオニールは伯爵を抱《かか》え、寮の方に向かった。

「あいつだ」

誰にも見つからないよう、軍の寮に近い役所の敷地《しきち》内の木の枝に音もなく乗ったレオニールは、伯爵をそっと下ろして、伯爵の背の支えになるように、腕を伸《の》ばして幹を摑《つか》む。葉陰《はかげ》からこっそりと、レオニールは寮の様子を窺《うかが》っている者を指さす。

「……見るからに怪《あや》しいな」

頭からフードを被《かぶ》った、黒い長衣の男がいる。

若い独身軍人ばかりの寮は、夜勤等の関係で生活時間が各人によって違《ちが》うため、消灯時間は不規則だ。他《ほか》の家屋が寝静まっている時間であっても、起きている者が何人もいる。レオニールを監視している男は、薄暗《うすぐら》い明かりのついているレオニールの部屋を見上げている。

見張られている部屋で、人影《ひとかげ》らしきものが動いて、伯爵ははっとする。

「貴様の部屋に誰かいるのか？」

それとも何か、そう見えるような仕掛《しか》けをしてきたのだろうか。

「フェルに頼《たの》んだ」

事もなく言うレオニールに、伯爵は溜め息を吐く。監視対象であるレオニールよりも、それに付き合わされるフェルナンドが何倍も気の毒だ。

「仲間がいるようにも見えぬし、寮の中にまで入りこむとか、探《さぐ》りを入れてくる様子はないようだが」

今夜は監視者のいる場所を確認《かくにん》し、死角になるところから、暗闇《くらやみ》に紛《まぎ》れて素早《すばや》く寮を抜《ぬ》け出した。監視者の目を盗《ぬす》んで抜け出るのは難しくはないが、見張られているのは鬱陶《うっとう》しい。

「迂闊《うかつ》に外出もできん」

「帰れ」

休暇《きゅうか》を貰《もら》って療養している軍人が、こんな真夜中にふらふら出歩くものではない。

「そうだな。帰るか」

言って、レオニールはひょいと伯爵を抱え上げ、伯爵邸《てい》の方角に顔を向ける。

「おい⁉」

「舌を噛《か》むなよ」

「奴《やつ》はいいのか⁉」

監視者をあのままにしておいていいのだろうか。見張られているレオニールは、面倒だと言っていたはずだ。

レオニールは枝を揺《ゆ》らさないように、そっと木から跳躍する。

「あぁ。得体が知れん……！」

とにかく、今はそんな状況《じょうきょう》なのだと、レオニールは伯爵《はくしゃく》に知らせるために見せただけだ。地下通路のことを知らせた者がレオニールと連絡《れんらく》を取るのを、待っているのかもしれない。

伯爵はレオニールの肩越《かたご》しに、監視者にもう一度視線を送る。

(仮面⁉)

黒いフードの下、顔の上半分を覆《おお》う仮面らしき物が見えた。

「伯爵、魔眼《まがん》の力がどのくらい有効か、わかっているか？」

「いや……」

伯爵がこれまでに魔眼の力を用いたのは、直接に視線を結ぶことのできた者だけだ。眼鏡《めがね》は妨《さまた》げにならないようだが、窓の向こうにいる人間に対して魔眼を使う等の、実験をしたことはない。あの仮面がもしも、魔眼の力を寄せつけないものであった場合、ベルナルド伯爵は吸血鬼《きゅうけつき》である自分の姿を晒《さら》し、その存在を知られてしまうことになる。セルバンティスのような伯爵の忠実な従者たちや、レオニールの親友であるフェルナンドのような前例もある。

いくら伯爵が魔眼を用いて暗示をかけようとも、『絶対に受け入れられない要求』は、魔眼の力も寄せつけない。言葉を選び、心の隙《すき》をついてうまく誘導《ゆうどう》すれば、虜とするのは不可能ではないのかもしれないが、それには対象となる人物の情報が必要不可欠だ。今は伯爵にとって不利な要素が多すぎる。

(使える力には、磨《みが》きをかけておけということか……)

対《つい》の吸血鬼となった伯爵とレオニールだが、駆使《くし》できる力が人としての枠《わく》から外れ、驚異《きょうい》の治癒《ちゆ》能力を有しているだけで、不老不死というわけではない。吸血鬼であることが露呈《ろてい》すれば、生きるも死ぬも地獄《じごく》だ。

(仮面……？)

覚えのある言葉だと、伯爵は思い出す。

(そうか――――)

「ひょっとすると、あの者が……」

呟《つぶや》いた伯爵に、伯爵邸の塀《へい》へと跳《と》びながら、レオニールは尋ねる。

「心当たりがあるのか？」

「……ないことも、ない」

熱い腕《うで》に抱えられながら、確証のない伯爵は、言葉を濁《にご》す。

(あの場所は、きっと寒い……)

日が落ちれば、気温はぐっと下がる。臨機応変に対処する必要があるため、動きの妨げになる防寒具をおそらく彼は身につけてはいない。薄暗い窓を見つめ、暗がりに立ち尽《つ》くしている男の手足の先は、冷たく凍《こご》えていることだろう。

彼が、ジョシュア王子の側仕《そばづか》えだったという――――。

月光を遮《さえぎ》った影《かげ》に気づいたセルバンティスは、伏《ふ》せていたティーカップを起こし、ポットを手に取った。

「お帰りなさいませ、坊《ぼっ》ちゃま」

第三光　レプリカとフェイク

「おっはよーございます、伯爵サマ〜」

酒の匂《にお》いをぷんぷんさせながら、朝帰り気分で早朝から屋敷《やしき》を訪《おとず》れたハニーデュークは、呼ばれもしないのにテラスで朝食をとっている伯爵たちの卓《たく》に着く。

「おはようございます、ハニーデューク先生」

「…………」

寝起《ねお》きのいい弟伯爵は、お行儀《ぎようぎ》よく口許《くちもと》を拭《ぬぐ》ってハニーデュークに会釈《えしやく》し、身支度《みじたく》こそ弟伯爵同様にきちんと済ませているものの、まだ半分夢の世界の住人である兄伯爵は、ハニーデュークの方を見向きもせず、セルバンティスに給仕《きゆうじ》される物を黙々《もくもく》と口に運んでいる。

朝食のワゴンを任されていたミリアムは、席に着いたハニーデュークのところに、急いでナプキンを運ぶ。

「お、おはようございます、先生……！　お食事かお茶を、ご用意いたしましょうか……？」

転びかけて卓に手を突《つ》くような奇妙《きみよう》な恰好《かつこう》だが、何とかナプキンを置くことに成功したミリアムに、ハニーデュークはにっこりと微笑《ほほえ》む。

「いえいえ、お構いなく」

上着の内側に隠《かく》し持っていたワインのボトルとグラスを出したハニーデュークは、迎《むか》え酒とばかりに、手酌《てじゃく》でさっそく一杯《いっぱい》ひっかける。

「ランディくんランディくん、これね、お土産《みやげ》」

ひらひらと手を振《ふ》って呼び、ハニーデュークは布に包んだメロンのような手荷物を、ご機嫌《きげん》でランディオールに差し出す。

「はい、どうぞー」

「……伯爵家への付け届けですか？」

ハニーデュークが持ってきたというだけで、碌《ろく》でもない物のように思えて、ハニーデュークに近づいたランディオールは、警戒《けいかい》しながら包みを両手で受け取る。

伯爵たちのために朝食のデザートのムースを運んできたマーゴットは、ハニーデュークにお辞儀《じぎ》し、ランディオールに渡《わた》された物を見て、小首を傾《かし》げる。

「厨房《ちゅうぼう》でお預かりして、切り分けてまいりましょうか？」

朝市では、朝一番で農園から運ばれてきた新鮮《しんせん》な果物が売られている。ムースは十時のお茶の時に出してもいい。

マーゴットに包みを渡そうとするランディオールに、微笑みながらハニーデュークはひらひらと手を振る。

「いやいや、切っちゃダメだよ」

「？　切っちゃいけない物なんですか？」

弟伯爵は、きちんと食事を終えてカトラリーを置く。あどけない表情で尋《たず》ねる弟伯爵に、頬《ほお》杖《づえ》を突《つ》いたハニーデュークはワイングラスを揺らして微笑む。

「ニトファーナの修道院で、伯爵様を撃《う》った男の、く・び」

がちゃん！

弟伯爵はお茶を飲もうと持ち上げかけたカップを、ソーサーに落とした。

言われてみれば、なるほど人の頭部の大きさ。

(首かよ！)

蒼白《そうはく》になった弟伯爵に、ランディオールは自分を待っていたらしいハニーデュークの用事なのだから、どうして気付かなかったのかと、臍《ほぞ》を噬《か》む。

「しっかりなさい、ミリアム！」

びくんと驚《おどろ》いた弾《はず》みに口から魂《たましい》が抜《ぬ》け出たのか、立ったまま気を失いかけたミリアムを、マーゴットが慌《あわ》てて叱咤《しった》し、我に返らせる。

爽《さわ》やかな朝が、一気に台なし。見事に凍《こお》りついた場の雰囲気《ふんいき》に、ハニーデュークは笑う。

「やだなぁ、レプリカだよ～」

「当たり前です！」

笑うハニーデュークに、ランディオールは声を荒《あら》らげ、マーゴットは溜《た》め息を吐《つ》く。

人体のパーツコレクターであるハニーデュークなら、平気で診療所《しんりょうじょ》に本物を飾《かざ》っていそうだが、ベルナルド伯爵の屋敷にそういう物を持ちこまれるのは、断固お断りだ。

兄伯爵《はくしゃく》の横についているセルバンティスは、兄伯爵の朝食のお零《こぼ》れに預かろうと群がる小鳥やリスをそっと払《はら》いのけ、ナプキンを握《にぎ》る。

『坊ちゃま、お口にクリームが』

「………ん」

兄伯爵は目と口を閉じて少し顎《あご》を上げ、セルバンティスに拭ってもらう。

同じ卓なのに、ここだけは、幸せ色のほんわか和《なご》み系。何だか別世界。

囀《さえず》る小鳥に囲まれながら、ミルクと砂糖をたっぷり入れたお茶を、ゆっくり一口飲んだ兄伯爵は、ぼんやり瞬《まばた》きしながらハニーデュークを見る。

「――何だ、来てたのか」

ようやくハニーデュークの存在に気づいたらしい兄伯爵に、ランディオールはがっくりと肩《かた》から力が抜けるのを感じた。

(いや、この方は、このくらい鷹揚《おうよう》なほうが、いいのかもしれない……)

神経が細すぎたり、人並みだったりしては、とてもではないが、過酷《かこく》な運命に立ち向かってはいけない。見かけは温室育ちの可憐《かれん》な花のように脆弱《ぜいじゃく》な印象でも、兄伯爵は柔軟《じゅうなん》で強《したた》かであり、打たれ強く挫《くじ》けない。繊細《せんさい》そうだが、神経質ではない。

「ああ、兄上……」

蒼白な顔のまま、報告しなければと弟伯爵は声を震《ふる》わせながら呼びかける。兄伯爵は、呼びかけた弟伯爵に顔を向け、ほんにゃりと微笑む。

「何だ？　ルディ」

ふわぁっと花が舞《ま》い飛ぶような、極上《ごくじょう》の笑《え》み。天から降り注ぐ太陽の光に、金の髪《かみ》を輝《かがや》かせる姿は、まさしく天使――――！

「……おはよおございます」

同じ顔の兄に対して、思わず赤面してしまった弟伯爵に、お気に入りの執事《しつじ》の青年に傅《かしず》かれながら、兄伯爵は微笑む。

「おはよう」

今日も、とってもいいお天気。

にこにこと微笑む兄伯爵に、弟伯爵もつられてにこにこと微笑む。愛《め》でたい癒《い》やし系の美少年伯爵が、そっくりの双子《ふたご》で二倍に増えて、眼福も二倍二倍。

（今日も一日、いいことがありそうね）

思わず胸の前で十字を切って祈《いの》りを捧《ささ》げ、微笑みながらマーゴットはムースを切りわける。

（いいい、一生ついてまいります……っ！）

伯爵たちの眩《まぶ》しい笑顔に、心臓を直撃《ちょくげき》する攻撃《こうげき》を受けたミリアムは、真っ赤になって腰砕《こしくだ》けになり、ワゴンに縋《すが》る。この伯爵に奉公《ほうこう》するなら、たとえ寿命《じゅみょう》が縮んでも本望《ほんもう》だ。

（うーん。これだから、伯爵サマのところに来るのはやめられないねぇ）

コレクションできない絶品の肴《さかな》を愛でながら、満足そうに微笑んでハニーデュークはワインを味わう。

兄伯爵が無意識のままに放つ強烈《きょうれつ》なオーラに圧倒《あっとう》され、頭の中にお花畑ができるところだったランディオールは、手に持った包みの重みに、はっと我に返る。

（えーと……）

どう切り出せばいいものか。

逡巡《しゅんじゅん》しているランディオールを見て、そっとセルバンティスは伯爵の耳元に顔を寄せる。

『坊《ぼっ》ちゃま』

甲斐甲斐《かいがい》しく伯爵の朝食を手伝っていて、伯爵のことだけしか見ていないようでも、セルバンティスはきちんと周りの人々の会話を聞いている。

『ハニーデューク先生は、ランディオールさんにお届け物をされました』

「届け物？」

おっとりと瞬きをして、首を回《めぐ》らせた伯爵はハニーデュークを見、そしてランディオールが両手で持っている丸い荷物の包みを見る。始終酒浸《さけびた》りで、人体のパーツコレクターである医者からの届け物など、きっと碌なものではない。

（あの大きさで、あの形状……）

該当《がいとう》するものを思い浮《う》かべ、伯爵は目つきをやや厳しくする。

「――例の、『上の方』か？」

「そうそう。あ・れ」

自分の首から上を、上品に指さした伯爵に、にっこりとハニーデュークは微笑んで頷《うなず》く。

ランディオールが変装に使うには、頭部だけあれば十分だ。顔を写して都の裏通りをうろつけば、あの狙撃者《そげきしゃ》の手掛《てが》かりが何か摑《つか》めるかもしれない。

食事を摂《と》ってようやくちゃんと目が覚めたらしい伯爵に、ランディオールは言う。

「今日、準備が出来次第《しだい》、調査をしに行ってまいります」

ニトファーナの修道院でのベルナルド伯爵の暗殺事件は、何とか未遂《みすい》に済んだものの、あれで終わったのかどうかはわからない。調査できるなら、やっておくべきだ。できれば早いほうがいい。

「怪《あや》しい気配があれば、そこで調査を打ち切れ。絶対に深入りはするな」

「ランディ……」

伯爵に注意され、弟伯爵に心細い目で見つめられ、ランディオールは恭《うやうや》しく頭を下げる。

「かしこまりました」

考古学者エルンストの消息を辿《たど》ろうとして、妙《みょう》な殺し屋が出てきたことは、こちらの屋敷《やしき》に到着《とうちゃく》したとき、弟伯爵とランディオールは聞いている。行方《ゆくえ》不明の学者よりも、狙撃者の素性《すじょう》を探《さぐ》ろうとするほうが、最初から危険は大きいと予想できる。

「医者、ハニーデューク。襲撃《しゅうげき》者の左の二の腕《うで》に、火傷《やけど》の痕《あと》があったと言っていたな？」

「ありましたよ～、伯爵サマ」

確認《かくにん》する伯爵に、ハニーデュークはグラスを傾《かたむ》けながらにこにこ笑う。

「ランディ、その傷はいらない。顔だけで十分だ」

「はい」

伯爵の言葉は、腕の見えない長袖《ながそで》の服装で、という指示だ。長袖の服を着れば、火傷の痕は見えない。

(確かに、ちょっと探りを入れるだけなら、火傷の痕まで忠実に再現しないほうがいいかもしれないよな)

世界には、同じ顔の人間が三人いると言われている。完璧《かんぺき》に変装していなければ、万一の場合、そっくりの赤の他人だと、言い逃《のが》れることができる。あの男に変装している怪しい奴《やつ》だと疑われるかの綱渡《つなわた》りではあるが、変装を得意とする人間が世間に大勢いるわけではない。

『わたしも一緒《いっしょ》にまいりましょうか？』

「いえ、ありがとう。気持ちだけで十分です」

同行しようかと言うセルバンティスを、ランディオールは断る。

（かえって足手纏《あしでまと》いだ……！）

剣技《けんぎ》等は大事な坊ちゃまを守るために腕を磨《みが》き、身体《からだ》のあちこちを機械化していても、ランディオールが襲撃者の顔に化けて潜伏《せんぷく》調査するのは、いわゆる裏社会だ。お屋敷で坊ちゃまのお世話をするには有能でも、汚《きたな》い世界で生きている連中の相手をするには、ただ腕が立つだけでは役に立たない。自己を正当化して卑劣《ひれつ》な手も厭《いと》わず、何が何でも生き延びようとする利己的な根性《こんじょう》がなければ、邪魔《じゃま》なだけだ。下手をすると、人質《ひとじち》に取られる危険すらある。

「どうぞ、お任せください」

ランディオールは信頼《しんらい》できる、と思うが。

「兄上……」

準備のために、ハニーデュークから預かった包みを持って自室に下がったランディオールを見送り、弟伯爵は不安そうな目で縋るように兄伯爵を見つめる。

「わかってる。フェルナンドに連絡《れんらく》をつけておく。彼なら、ランディに危険が及《およ》ばないよう、うまく手を回してくれるだろう」

療養休暇中《りようようきゆうか》で、見張りまでついているレオニールは、動けない。軍人として、任務に当たっているフェルナンドなら、ランディオールが向かいそうな場所の巡回《じゆんかい》の予定もわかる。それとなく、他《ほか》の隊員に気を配っておくように話してもらうこともできる。ランディオールのせいで何か騒《さわ》ぎが起こっても、すぐさま軍が鎮圧《ちんあつ》に出れば、最悪の事態は防げるだろう。

「さてさて。何が出てくるかねぇ〜」

くすくすと笑い、大欠伸《おおあくび》をしたハニーデュークは、就寝《しゆうしん》のために客間に向かった。

レオニールに監視者《かんし》がついているので、その親友でありレオニール隊の副隊長であるフェルナンドに直接連絡をつけるのはよくない感じだ。伯爵《はくしやく》は、祖父トールキンス侯爵《こうしやく》のところに子細を知らせる手紙を送り、トールキンス侯爵からフェルナンドへと伝えてもらう。孫であるベルナルド伯爵が、祖父トールキンス侯爵に手紙を送るのは、日常的な行動だ。軍部に影響《えいきよう》力を持つトールキンス侯爵なら、軍人への連絡事項《れんらくじこう》が毎日たくさんある。その中に紛《まぎ》れこませてしまえば、ベルナルド伯爵の影《かげ》は薄《うす》れて消える。

自室に戻《もど》ったランディオールは、カーテンを閉めて、ハニーデュークに渡《わた》された包みから、中身を取り出す。

「……気持ちのいいモンじゃねぇな」

レプリカであり、石膏《せっこう》に着色した作り物だとわかっていても、机の上に人形の首。開いたときの目の大きさと瞳《ひとみ》の色を教えるために、ぱっちり両目が開いていて、薄く開いた口からは、歯並びが見える。肌《はだ》の色も生きていた頃《ころ》そのままに、再現してある。

(趣味《しゅみ》悪いぜ、まったく……！)

嬉々《きき》としてこれを作っていたハニーデュークの姿が容易に想像できて、ランディオールはげんなりする。しかし、挫《くじ》けている暇《ひま》はない。

「――肌の色は、俺より濃《こ》いな……」

(顔はファンデーションで誤魔化《ごまか》すとして、手は手袋《てぶくろ》で隠《かく》すか。頬骨《ほおぼね》が俺より高い。パテを盛って、作るとして……、禁酒だな)

変装した顔にもよるが、この男の顔に化けるには、あれもこれも厚塗《あつぬ》りすることになる。外形はそっくりに似せられるが、血行がよくなっていく様子までは再現できない。飲酒で血行がよくなれば、顔は普通《ふつう》赤くなる。酒の匂《にお》いがしても、顔色がまったく変化しないのは、不自然だ。

クローゼットの奥に隠していた鞄《かばん》を取り出したランディオールは、変装用の道具を広げる。

「髪《かみ》の色はダークブラウン、瞳はブラウン。身長は俺より少し低い。体重は俺より重い……」

髪は適当な鬘《かつら》を染める。瞳は色ガラスで。体格は長めの上着で覆《おお》い隠して、はっきり分からないようにすれば問題ない。

(顔と喉《のど》を潰《つぶ》されて、仮面を付けて、ベルナルド伯爵を暗殺しようとした男――)

変装して、何度も他人になりきってきたランディオールだが、自分の知らない実在した人間に化けるのは、今回が初めてだ。いったい、どんな生きかたをしてきた男なのだろう。何を思いながら、服毒して命を絶ったのだろう。鏡を前に、レプリカそっくりに顔を仕上げていきながら、ランディオールは変装に集中する。

トールキンス侯爵からの、手紙の返事は早かった。

(ランディはかなり、高く評価されているな……)

侯爵の対応の速さに、伯爵はランディオールの有能さを思う。トールキンス侯爵の人を見る目は確かだ。ランディオールは少年の頃にトールキンス侯爵が見こんで、弟伯爵の世話係にした。頭の回転が速く、変装という珍《めずら》しい特技を持っていても、それだけでは、トールキンス侯爵に高く評価はされない。ランディオールには伯爵がまだ知らない面が、たくさんありそうだ。

「兄上、お祖父《じい》様は何て?」

「あぁ。心配ない。任せておけばいい」

『ランディさんなら、大丈夫《だいじょうぶ》ですよ』

ランディオールが変装を終えて自室を出てきたのは、客間を借りたハニーデュークが一眠《ひとねむ》りして起きた頃だった。

「こんな感じでいかがでしょう?」

同梱《どうこん》されていた仮面のレプリカを付けて、伯爵たちのいる居間に来たランディオールは、寝《ね》起《お》きの一杯《ぱい》をちびちびとやっているハニーデュークの前で仮面を外した。あのレプリカの首が生きて動いたような見事な変装に、ハニーデュークは一度目を丸くして微笑《ほほえ》む。

「うんうん。いい仕事してるよ、キミ」

「ランディ、凄《すご》ーい！　別の人みたいだ！」

「……その顔で屋敷《やしき》を出るのか？」

目を輝《かがや》かせて弟伯爵は賛辞し、兄伯爵は、確かによくできているらしいが、それ故《ゆえ》に困るかもと、複雑な表情をする。

「もう一枚マスクをつけて、別の顔で出かけます。帰りが遅《おそ》くなるかもしれませんが、御心配なく。――ハニーデューク先生、声はどうしましょう？」

男は喉も潰されていて、誰《だれ》も声を聞いていない。声を出せないように喉を潰してあっても、ハニーデュークには顔同様に何の問題もない。男の声帯の太さと喉の太さ、身長から、声の見当も付いているハニーデュークは思案する。

（彼なら、あの男の声も出せるような気がするけどねぇ）

声は音の高さだが、個人を特徴《とくちょう》づけるのはそれだけではない。

「そぉだねぇ……。とりあえず、風邪《かぜ》ひき声にでもしておいたらどうかな？」

ひどい風邪声だったなら、元の声と違《ちが》っていて、口調も変わっていても、誰もあまり気にしない。知り合いに見つかっても、咳《せき》をしてみせれば、感染《かんせん》を嫌《いや》がって、あまり近くに寄って来ないだろう。間近で凝視《ぎょうし》されなければ、偽物《にせもの》だと見抜《みぬ》かれる危険は減る。

「では……『これでいかがですか？』」

軽く咳払《せきばら》いしたランディオールは、ひどい風邪ひき声を発し、ハニーデュークを満足させた。

「ランディくん、キミ、死んだらぜひボクに解剖《かいぼう》させてね」

「先生の後から、ゆっくり死なせてもらいます」

お構いなくと断って、ランディオールは恭《うやうや》しくお辞儀《じぎ》した。


人通りのないのを見計らって、変装の上に別のマスクをつけたランディオールは伯爵邸《はくしゃくてい》を出、お屋敷町を外れて裏通りに向かう。


（カスターマウト出身だと、あの医者は言ってた……）

生まれた土地に何歳までいたものか、はっきりしたことはわからない。人攫《さら》いにでもあって、暗殺者集団の仲間入りをさせられたのだとしたら、十代前半にカスターマウトを出ている。カスターマウトは経済的にあまり豊かな土地ではないので、口減らしの為《ため》に働きに出ても、普通だ。つまらないことがきっかけで、裏稼業《かぎょう》に堕《お》ちていく者は、いくらでもいる。

（裏の連中にも、素顔《すがお》が知られていない可能性もある）

念入りに変装してきたが、まったくの無駄足《むだあし》を踏《ふ》むことになるかもしれない。

（それならそれで、顔のない暗殺者集団を調べる）

かなり、危ない調査になるだろうが——。

細い路地を通り抜《ぬ》ける際に物陰《ものかげ》でマスクを外して、伯爵を襲《おそ》った男の顔になったランディオールは、賭博《とばく》場の近くにある寂《さび》れた店に入った。夜は酔漢《すいかん》で溢《あふ》れている店だが、昼間の客はここで食事をとる。

先に入店していた客は、変装したランディオールを見ても、無反応だった。この中に男の知り合いはいないらしい。

「………」

窓の外から客の横顔が見える位置にあるカウンター席に着いたランディオールは、何も言わずに銅貨を何枚か置いた。カウンターの中にいた店の親父《おやじ》は、銅貨を取ると、茹《ゆ》でたジャガイモとソーセージの載《の》った皿と水の入ったコップをランディオールの前に置いた。

（——ここを出たら、武器屋を覗《のぞ》いてみるか）

客として来店したことがあれば、店の主人が何か反応するかもしれない。

「——おい、ザッキス！」

突然肩《とつぜんかた》を叩《たた》かれ、ランディオールは咀嚼《そしやく》していたジャガイモを喉に詰《つ》めた。咳《せ》きこむランディオールに、肩を叩いた男は笑う。

「いや、すまねぇな！」

「………」

(誰だ、こいつ……？)

振《ふ》り向いたランディオールは、頬《ほお》に大きな傷のある男を見る。博徒《ばくと》だろうか。ちょっと金を摑《つか》ませれば、暴行事件ぐらいなら今すぐにでもやってのけそうな雰囲気《ふんいき》の男だ。

(『ザッキス』か)

襲撃者《しゅうげき》の名前は判明した。

「おめぇよ、儲《もう》け話があるからって行ってから、まったく姿みせなくなっちまって、どうしてんだろうなって皆《みな》、噂《うわさ》してたんだぜ？　どうよ？　うまくいったのか？」

「………」

ランディオールは不機嫌《ふきげん》を装って、男から視線を逸《そ》らす。何か金になりそうな話があって、ザッキスという男は消息を断ったか。頬に傷のある男は、ランディオールの皿から遠慮《えんりょ》なくソーセージを摘《つま》み食いする。料理の皿を頬傷の男から遠ざけたランディオールは、店に入ってこようとした二人連れの男が、こちらを見てはっとしたように反応し、店に入らずに立ち去ったことに気づく。

(かかったか!?)

ザッキスの知り合いらしい頬傷の男よりも、もっと大きな獲物《えもの》が――――。

何やら喋《しゃべ》っている頬傷の男を置き去りにして、ランディオールは急いで店を出る。

（どっちにいった⁉）

男たちが入りこみそうな路地を覗きこんだランディオールの背中に、硬《かた》い物が押しつけられる。

（銃口《じゅうこう》！）

びくりと背を震《ふる》わせ、息を詰めたランディオールに、背後の男は命じる。

「両手を上げて、ゆっくり振り返れ……！」

第四光　雲隠《くもがく》れ

振り返りたくはないが、ここで愚図愚図《ぐず》して振り返らなければ、間違《まちが》いなく撃《う》たれる。拳銃《けんじゅう》の口径は小さくても、こんな至近距離《きょり》で撃たれれば洒落《しゃれ》にならない。

ランディオールは言われたとおり、ゆっくりと両手を上げ、振り返る。

振り返ったランディオールの顔が、男たちの前に晒《さら》される。

「お、前……!?」

変装しているランディオールの顔を見た男たちは、啞然《あぜん》とする。

『ザッキス』はいなかった。

男たちが銃口を突《つ》きつけているのは、ザッキスと髪《かみ》と目の色が同じだけの、別人だ。

「確かに、この男が……!」

髪形と服装は、さっき店のカウンター席にいた男で――――。

狐《きつね》に摘《つま》まれたような顔をしている男たちの前で、ランディオールは上げていた手を素早《すばや》く動かし、指に挟《はさ》んで隠《かく》し持っていた丸薬を路地の壁《かべ》に投げつける。丸薬は壁に激突《げきとつ》すると同時に勢いよく砕《くだ》け、白い粉塵《ふんじん》が舞《ま》い飛ぶ。

「うっ……！」

「てめぇ……！」

一瞬《いっしゅん》にして路地の一角を満たした粉塵には、強烈《きょうれつ》な刺激物《しげきぶつ》が含《ふく》まれていた。丸薬を投げつけて目眩《くら》ましをするや否《いな》や、ランディオールは素早く身を翻《ひるがえ》す。虚《きょ》を衝《つ》かれ、まともに吸いこんでしまった男たちは、痛くて目が開けていられず、涙《なみだ》が溢れ、咳が止まらない。唯一《ゆいいつ》、機能を損《そこ》なわれていない耳に、走り去るランディオールの足音が聞こえる。

「くそ……！」

ザッキスではないが、同じ服装の男は何か彼に関係しているに違《ちが》いない。こんな事で逃《に》がしてなるものかと、銃《じゅう》を構えていた男は慌《あわ》てる。

路地裏で爆発《ばくはつ》が起こった！

（やっぱり撃ちやがった！　馬ー鹿！）

角を曲がって路地の奥に駆《か》けこんだランディオールは、背後で起こった爆発に、走りながら舌を出す。特別な何かを仕《し》掛けたわけではない。武器として持っていた銃のせいで、粉塵爆発が起こっただけだ。可燃性の細かい粒子が多数空中に舞っている状態で、火花が散るようなことをすれば、一気に可燃物に炎《ほのお》が広がって爆発を起こす。狭《せま》い路地であれば、丸薬にして携帯《けいたい》していた粉でも、舞い飛ぶ粉塵はそれなりの密度となる。ランディオールは石灰《せっかい》を使ったが、粉塵の元はどこの家の台所にもある小麦粉や砂糖でもいい。原理は単純だが、粉塵爆発の威力《いりょく》は侮《あなど》れない。

（マスク……、もう一枚持ってて、正解だった……！）

両手を上げて振り向かされる、その一瞬に、ランディオールはマスクを被《かぶ》った。屋敷《やしき》を出るときに、変装の上につけてきた物の再利用だ。変装の上につけたマスクは、素顔《すがお》とも襲撃者の顔とも違《ちが》うものだ。マスクは使い捨ての顔なので、覚えられても問題ない。どのマスクも精巧《せいこう》に仕上げてあるが、鏡も見ずに適当に被ったため、時間をかけて凝視《ぎょうし》されれば、妙《みょう》な部分に気付かれる虞《おそれ》があった。

爆発に驚《おどろ》いて、路地に人が集まる。その中には、爆発で吹《ふ》っ飛んだ男たちの仲間もいた。

（ちっ……！）

見つからないように注意して物陰に駆けこんだランディオールは、上着に手を掛《か》け、仕掛けをした箇所《かしょ》から引き裂《さ》いてショート丈《たけ》にし、裏返して着替《きが》える。ロングブーツの中に入れていたスラックスの裾《すそ》も手早く引き出す。鬘《かつら》を外して、前後を逆にして被り、印象を変える。瞳《ひとみ》の色を変えていた色ガラスを外す。顔は変装を残してマスクのままだが、さっきの男たちは、半日はまともに物を見ることができないはずだ。言葉で伝えられる特徴《とくちょう》となる目の色を変えたので、マスクの顔で歩き回っても、取り敢《あ》えず危険はないだろう。

（いきなり、やべぇな）

さっさと調査を終えて、逃げるに限る。隠しに入れていた小さな鏡でマスクを確認《かくにん》し、胡散《うさん》臭《くさ》そうな男たち御用達《ごようたし》である安物のサングラスをかけたランディオールは、爆発に驚いてやってきた野次馬《やじうま》たちがいる場所を避《さ》けて、さっきの店に戻《もど》る。

（野次馬の中にはいなかったようなんだが……）

祈《いの》るような気持ちで店を覗いたランディオールは、カウンター席に頬傷の男の姿を見つける。ランディオールが手をつけたばかりだった料理の皿をちゃっかりといただいて、腹を満たしているようだ。

（よーしよし）

男に近づいたランディオールは、音をさせず痰《たん》を切るように喉《のど》を動かし、声をかける。

「おい、あんた……！」

魚屋か的屋の兄ちゃんを思い出させる、ざびざびの声で呼びかけられ、頬傷の男は驚いて顔を上げる。

「ザッキスって奴《やつ》、知ってるか？」

「知らねぇよ」

ランディオールに素っ気なく言い捨てて、頬傷の男はジャガイモとソーセージの残りを腹に詰《つ》めこむ。さっき会ったばかりの『ザッキス』本人に声を掛けられていることに、まったく気付いた様子はなかった。

（こりゃ、何度も尋《たず》ねられてるな）

ややこしそうな連中とは、関《かか》わり合いにならないのが一番だ。無理に聞き出そうとせず、ランディオールは銅貨を出して店員を呼ぶ。フィッシュフライとチップスと炭酸水を注文し、頬《ほお》傷の男の隣《となり》の椅子《いす》に腰《こし》を下ろす。

「頼《たの》まれてたヤツが手に入ったんだけどよ。取りに来ねぇんだよ」

独り言のように呟《つぶや》くランディオールの前に、蓋《ふた》をするようにグラスを掛けた炭酸水の瓶《びん》と料理の皿が置かれる。

「あいつのせいで、買い出しに遠出できやしねぇ……。こっちは信用商売なんだぜ、金は先払《さきばら》いで貰《もら》っちまってんのに……！」

注文していた物を引き取ってもらわなければ、金だけ取って逃げたようだ。取りに来ないくせに、悪い噂《うわさ》をたてられては困ると、嘘八百《うそはっぴゃく》を並べてぼやくランディオールに、頬傷の男は少しガードを緩《ゆる》める。

「――そいつぁ、災難だったな」

「あんた、預かってくれないか？」

炭酸水をグラスに注ぎながら頼み事を持ちかけるランディオールに、頬傷の男は渋《しぶ》い顔をする。

「それはちょっと俺も困る。他《ほか》を当たってくれよ」

断った頬傷の男に、ランディオールは笑う。

「なんだ、あんた、けっこういい奴だな」

物が何かははっきり言っていないが、頼まなければ手に入らず、それなりの対価を必要とする物らしいとランディオールは話した。預かってやると返事をして、ザッキスに渡《わた》さず頬傷の男が持ち逃げしても、それは頬傷の男を安易に信用して、荷物を預けたランディオールの責任だ。預かったものを着服したり転売する事も、頬傷の男にはできたはずなのに。

笑われて、頬傷の男は肩《かた》を竦《すく》める。

「関わり合いになりたくねぇだけだよ。あの野郎《やろう》、何か知らねぇけど、ヤバイ連中に繋《つな》がっちまったみたいだから。さっき、ちらっと会ったけど、逃げるようにどっか行っちまったよ。次はもう、会えないかもしれねぇな。ここいらで捜《さが》すより、運河に行った方が、早く見つかるかもしれねぇぜ」

「ふーん」

殺されて、運河に投げ捨てられる可能性大らしい。

「何やったんだ？」

「さあ？　儲《もう》け話があるようなことを話してたけど、詳《くわ》しいことは聞いてねぇ」

「そりゃあ、儲けるのはてめぇ一人でいいもんな」

笑うランディオールに、もっともだと頬傷の男も笑った。本当の儲け話に、他人を誘《さそ》う奴はいない。金持ちになるのは、自分一人でいい。調子のいい話を持ちかけられたら、疑ってかかるのが賢《かしこ》い。

「あいつ、故郷に病気の弟がいるって言ってたから、金が必要だったんだと思うぜ」

「カスターマウトだったか」

「そうそう」

頷《うなず》きながら、頬傷の男はどんどんと胸を叩《たた》く。ジャガイモで喉が苦しそうだった頬傷の男に、ランディオールは自分の炭酸水の瓶を渡してやる。グラスに注いだ残りの炭酸水の瓶を遠慮《えんりょ》なく貰い、頬傷の男は喉を楽にする。

「野郎、悪い奴じゃねぇけど、思い切りがよすぎるっていうか、無茶《むちゃ》なところがあったからな。金の為《ため》に、けっこうヤバイ感じの仕事もやってたぜ。それでもろくに読み書きできねぇから、騙《だま》されたり、かなりピンハネされて、ほとんど金にならなかったみたいだ。三月《みつき》前に姿を見なくなってから、とうとういっちまったかなって、話してたんだよ」

地方よりも都の方が仕事があるため、故郷から出稼《でかせ》ぎに来る者は少なくない。寝食《しんしょく》を削《けず》り、身を粉にして働いても、大儲《おおもう》けして意気揚々《いきようよう》と故郷に帰れる者は、まずいない。大金を手に入れたいと切望する者たちは、賭博《とばく》や風俗《ふうぞく》等のいかがわしい場所に足を踏《ふ》み入れるようになり、何かしらの犯罪に手を染める。真面目《まじめ》に働くよりも、大金が手に入ることに味を占《し》めて、ほとんどの者が悪い事から足を洗えず、深みに嵌《は》まり、裏社会へと落ちていく。

「奴は、追われてる。見かけても、ほとぼりが冷めるまでは関わらねぇ方がいい」

「ふーん」

グラスの炭酸水を飲み干したランディオールは、料理の残った皿を、情報料がわりに頬傷の男に譲《ゆず》って店を出た。

（儲け話を持ちかけた奴は、誰《だれ》だかわからない）

頬傷の男は、名前を聞いていなかった。だが、ザッキスという男が、三月前までこの辺りにいたことはわかった。故郷にいる家族の為に、金が必要だった。

（顔と、喉、か……）

どんな思いで失ったか。条件を提示されて自分からそれを望んだか、否《いな》やを言わせず強引《ごういん》に潰《つぶ》されたか。

繁華街《はんかがい》の外れにある薄汚《うすよご》れた公園に入ったランディオールは、ベンチに腰掛《こしか》けて空を見上げる。ランディオールにも妹がいる。トールキンス侯爵《こうしゃく》は、ランディオールの妹を学校に通わせて不自由ない暮らしをさせてくれることを条件に、身を潜《ひそ》めて暮らすベルナルド伯爵《はくしゃく》の弟の世話を、ランディオールにさせた。

（家族を人質《ひとじち》にされたようなのは、同じだ）

同じだが、ザッキスはおそらく、人殺し等の裏稼業《かぎょう》に特化させられた。そして大切にしたい家族には何の見返りもなく、その存在は彼の弱みとなった。残された家族にとって彼は、都に働きに出て失踪《しっそう》しただけ。出稼ぎに行った者には、よくある話だ。顔と喉を潰したのは、行き場をなくさせる為に違《ちが》いない。貧しい地方に生まれ育ち、満足に読み書きのできない彼に目を付けたのには、意味がある。喋《しゃべ》ることができなければ、反論は封《ふう》じられ、どこにも逃《に》げられない。たとえ逃げても、不審《ふしん》人物にしか見えない怪《あや》しい人間を助けてくれる者はいないし、脛《すね》に傷を持つ身では、公的機関へ保護を求めると、間違《まちが》いなく監獄《かんごく》行きだ。

(俺だって、犯罪者だ)

ランディオールは視線を落とす。生きるために、ランディオールにはそうすることが必要で、そしてまだ幼かったから、大人たちが当たり前のようにやっていたことが犯罪だとは知らなかっただけで、相当に悪いことをやってきた。ただランディオールの場合は、その後権力を持つ貴族が後見人になり、汚れた過去は揉《も》み消された。妹という弱みを握《にぎ》られ従わされていても、ランディオールは不幸ではなかった。

(――――やり方が、汚《きたな》すぎるぜ……!)

人としての未来を根こそぎ奪《うば》い去って、道具のように使う。ザッキスは『死』に逃げた。そこにしか行き場がなかったから。不可抗力《ふかこうりょく》となるその機会を、待っていたのかもしれない。まだ他にも、顔と喉を潰された暗殺者がいるかもしれない。

ふつふつと怒《いか》りが湧《わ》いてきたランディオールは、顔を上げる。

(まだ、捜してやがる)

生きていて、潰したはずの顔を元通りにしたザッキスを見失った男たちが、まだ近くをうろうろしている。仲間らしい者たちは、同じ殺気を放っているから、わかる。

(締《し》め上げて、吐《は》かせてやる)

束になって来られれば勝ち目はないが、一人ずつならば何とかなる。

ベンチから腰を上げたランディオールは、ザッキスを捜している男の一人に目を付けた。

暗殺者に失敗は許されない。失敗したときには自ら命を絶つようにと、ザッキスには青酸化合物の入ったカプセルが渡されていた。今、ザッキスを捜している連中も、青酸化合物を所持しているかもしれない。

(簡単に死なせてたまるかよ)

さっくりと拉致《らち》する。連れ帰れば、こっちのものだ。

体格的に、こいつなら持ち帰れそうだと目を付けた男が細い路地に入っていくのを見、ランディオールは先回りしてわざと鉢合《はちあ》わせる。前方から来たランディオールを見つけ、ランディオールの髪《かみ》の色に男は一瞬緊張《いっしゅんきんちょう》したが、ザッキスではないとわかって緊張を解く。擦《す》れ違い様、ランディオールはバランスを崩《くず》したふりをして、男と肩をぶつけ、派手によろける。

「気を付けろ！　馬鹿野郎《ばかやろう》！」

罵倒《ばとう》したランディオールに、男も怒鳴《どな》り返す。

「それはこっちの台詞《せりふ》だ！　前見て歩きやがれ！」

苛々《いらいら》しく、ランディオールは舌打ちする。

「ったく……！　さっき走ってった栗毛《くりげ》の奴《やつ》といい、うぜえ奴ばっかりだぜ……！」

ぼやくランディオールに、男は振《ふ》り返る。

「そいつは、どんな奴だ⁉」

「どんな、って……、これっくらいの長い上着を着た、茶色い目の――――」

「どっちに行った⁉」

「それは……」

教えようとするランディオールに無防備に近づいてきた男の腹に、ランディオールの拳《こぶし》が打ちこまれた。ぐっと息を詰《つ》めて意識を失い、ぐらりと傾《かし》ぐ男の身体《からだ》を、ランディオールは受け止める。

（適当に顔を変えて……）

ぱっと見、この男だとわからないようにしてしまえば、連れ出すところをこの男の仲間に目《もく》撃《げき》されても、不審に思われない。

「――――おい！」

路地を覗《のぞ》きこんだ男が、ぐったりした男を支えるランディオールを見つけ、怒鳴った。

（やべ……！）

こんなに早く見つかるのは、予定外だ。男たちが武器を所持していることはわかっている。ランディオールは気絶している男の懐《ふところ》から、拳銃《けんじゅう》を掴《つか》み出す。先制攻撃《こうげき》を仕掛《しか》けたほうが分がいいと判断したランディオールは、躊躇《ちゅうちょ》せず引き金を引いた。

パン！

「ぐあ……っ！」

撃《う》たれた男が路地に倒《たお》れる。拳銃の口径は小さい。一発ではたぶん、致命傷《ちめいしょう》にはならない。

ランディオールは奪った拳銃を持ったまま、素早《すばや》く身を翻《ひるがえ》す。

ピィー！

背後で鳴らされた笛の音に、ランディオールは仲間を呼ばれたことを悟《さと》る。

（やっべーな、こりゃ……！）

こうなったら、騒《さわ》ぎを大きくして、都を巡回《じゅんかい》している軍を呼ぶか。粉塵爆発《ふんじんばくはつ》を誘発《ゆうはつ》させる丸薬は、まだ持っている。

「いたぞ！　こっちだ！」

（るっせぇよ……！）

角を曲がった途端《とたん》に見つかって、ランディオールは挨拶《あいさつ》代わりに拳銃をぶっ放して、後戻りする。引っこんだランディオールのいた場所に、何発もの銃弾《じゅうだん》が撃ちこまれる。その辺りにたまたまあって運悪く被弾《ひだん》したごみ箱が、ばらばらに砕《くだ》け散った。

(うわー……!)

これは、本格的に、ヤバイかも……!


「先回りしろ!」

「そっちに行くぞ!」

声を掛《か》け合いながら裏通りを駆《か》け回っていた男たちは、静かに進んできた古びた馬車に目を留める。荷物の搬入《はんにゅう》用の馬車ではない。こんなところにたまたま出てくるなんて——。

「停《と》まれ停まれぇっ!」

二人の男は、細い路地を塞《ふさ》ぐように立ちはだかり、道の端《はし》に追いこむようにして、馬車を停止させた。道幅《みちはば》の狭《せま》い裏路地では、馬車を即座《そくざ》に向け返ることはできない。端に追いやられた側の馬車の扉《とびら》は開けられない。

(こんな物で逃げようとしても)

(逃がすものか……!)

驚《おどろ》く馭者《ぎょしゃ》に男の一人が剣《けん》を抜《ぬ》き、もう一人が馬車に向かって恫喝《どうかつ》する。馬車の窓にはカーテンが引かれていて中の様子は見えないが、馬車には確かに誰かが乗っている気配がする。

「開けろ! 愚図《ぐず》愚図するな!」

それでも微動《びどう》だにする気配もない車内の様子に焦《じ》れ、男は隠《かく》しから銃《じゅう》を摑み出す。

「やい、こら！」

脅《おど》しに一発、馬車の窓をぶち抜こうかと、男が銃を構えたところで。

馬車の扉が開いた。

「強盗《ごうとう》か？」

馬車の扉を開いて半身を覗かせたのは、野生の獣《けもの》を思わせる精悍《せいかん》な黒髪《くろかみ》の、軍服を着た男。

(軍人！)

なぜこんなところで軍人が馬車に乗っているのかはわからないが、立場が悪いのは、馬車を停めた男たちのほうだ。しかもその軍人は、若いが将校の階級章をつけていた。

銃を握っていた男も、馭者に剣を突《つ》きつけていた男も、慌《あわ》てて逃《に》げ去った。

強盗（？）を追い払《はら》ったレオニールは、馬車から降りる。

「不味《まず》いことになっているようだな」

「貴様、療養休暇《りようようきゆうか》中なのを忘れていないか」

不機嫌《ふきげん》に馬車の中から言ったのは、古びた馬車にはおよそ似つかわしくない、見目麗《うるわ》しい金の髪の少年伯爵《はくしやく》だ。すっくと立った青年将校は、挑《いど》むように少年伯爵に振り向く。

「覚えているさ」

傲岸不遜《ごうがんふそん》な笑《え》みを浮《う》かべ、レオニールは言う。軍関係者に見つからなければ、問題ない。

それはそれとして――――。

「無駄《むだ》に逃《のが》す奴があるか、馬鹿《ばか》者」

せっかく向こうから近づいてきたというのに。まったく気の利《き》かない奴だと憤慨《ふんがい》する伯爵に、レオニールは平然と言い放つ。

「奴らの目が潰《つぶ》れないよう、助けてやっただけだ」

血を求める呪《のろ》わしい人外の身と成り果てても、伯爵の存在は清く眩《まばゆ》い。裏町を徘徊《はいかい》する下賤《げせん》な輩《やから》の瞳《ひとみ》に、その姿を映させるだけでも、もったいない。

「――――いきなり押しかけてくるだけでも厄介《やっかい》なのに、貴様の言うことは、わけがわからん」

金の髪の少年伯爵は呆《あき》れてひとつ小さく溜《た》め息を吐《つ》き、支配者の輝《かがや》きを宿した菫色《すみれいろ》の瞳を、青年将校にまっすぐ向ける。

「行け、レオニール」

「我が主の意のままに」

伯爵の馬車と遭遇《そうぐう》してしまった者たちは慌てて逃げたが、その他《ほか》の者たちは執拗《しつよう》にランディオールを追っていた。

「向こうだ！」

「回りこめ！」

（挟《はさ》み撃《う》ちか！）

遠く聞こえる声に、ランディオールは舌打ちする。入り組んで建った建物のせいで、行く手はT字路になっていた。路地を戻れば、雨のように銃弾が降り注ぐだろう。進めば、左右両方から蜂《はち》の巣だ。どちらにもいけない。

（くそぉ……っ！）

行くも、戻るも――――！

挟み撃ちに成功した男たちは、油断なく拳銃を構える。だが、現れたのは、ランディオールの後を追っていた男だ。

「なっ……⁉」

「馬鹿な！　どこにも逃げ場なんて……！」

追ってきた男は注意して見ていたが、身を隠せそうな場所はどこにもなかった。

「捜《さが》せ！　どこかにいるはずだ！」

人間が忽然《こつぜん》と姿を消すなんて、ありえない。十五人ほどの男たちは、物騒《ぶっそう》な目をしながら、ランディオールの姿を捜す。

「何かあったのか⁉」

激しい銃撃《じゅうげき》の音を聞きつけ、爆発騒動《ばくはつそうどう》でやってきていた騎馬《きば》兵が、駆けつける。ランディオールを捜していた男たちは急いで懐《ふところ》に銃をしまい、野次馬《やじうま》の中に紛《まぎ》れこむ。

(助かった……)

ランディオールは、肩《かた》に入っていた力を抜く。

「何だ？　あいつらは」

屋根の上から、レオニールは散っていく男たちを眺《なが》め下ろす。

(まさか、頭の上にいるとは思わねぇよな……)

まさに地獄《じごく》で仏を見た思い。颯爽《さっそう》と目の前に降り立ったレオニールは、驚くランディオールの腕《うで》を摑《つか》んで跳躍《ちょうやく》し、四階建ての建物の屋根の上に、音もなく乗った。一瞬《いっしゅん》の消失劇だ。

「前にニトファーナで伯爵を襲《おそ》った男の仲間ですよ」

「何だと⁉」

「顔を覚えましたから……！」

今にも飛び下りて、連中を一人残らず締《し》め上げようという勢いのレオニールを、ランディオールは慌てて止める。

(それにしても……)

「どうしてわかったんですか？」

サングラスを外したランディオールは、下地に近いザッキスの顔ごと変装マスクを脱《ぬ》ぎ去り、鬘《かつら》を取る。走って汗《あせ》をかいた頭部に、風が当たって涼《すず》しい。

「どんな顔をしていようと、匂《にお》いは同じだ」

平然と言い放ったレオニールに、ランディオールは心の中で叫《さけ》ぶ。

(獣か、あんた！)

「……外出できないのではなかったのですか？」

療養休暇中のはずのレオニールである。

「あぁ、見張りの姿が見えなかったから、ちょっと出てきた」

寮《りょう》の札は、もちろん『外出』とはせずに。そうしたら、伯爵の乗った馬車を見つけ、妙《みょう》な賊《ぞく》がうろついているのに行き当たったのだ。

(見張り、意味ねーよ)

レオニールは昨夜も寮を抜け出して、伯爵邸《はくしゃくてい》を訪問したと聞いている。

眼下の路地に、人通りがなくなる。

「下ろしていただけますか」

「一人で帰れるな？」

「問題ありません」

引き裂《さ》いたところから、ランディオールは上着を引っ繰《く》り返し、上着のデザインを変える。

素顔《すがお》のランディオールで、髪《かみ》の色が変わり、上着も変わった。
レオニールに路地に下ろしてもらったランディオールは、伯爵《はくしゃく》家の者らしく一礼してレオニールと別れ、路地を出る。

見当外れのところを捜し回っている男たちを横目で見ながら、何食わぬ顔で大通りに出たランディオールの横で、横に並んだ馬車が速度を落とす。

(何だ!?)

内心の緊張《きんちょう》を押し隠《かく》し、ちらりと馬車を見たランディオールは、手綱《たづな》を握《にぎ》っている長衣と帽子《ぼうし》の馭者《ぎょしゃ》がセルバンティスであることに気付いて、驚《おどろ》く。思わず足の止まったランディオールに合わせるように、馬車も停《と》まった。馬車の中から、扉《とびら》が細く開けられる。乗れと合図されたランディオールは、急いで馬車に乗りこむ。

「ベル様……」

向かいの座面に腰掛《こしか》ける金の髪の見目麗しい少年は、ランディオールのよく知っている少年と姿形はまったく同じだが、身から滲《にじ》み出る迫力《はくりょく》が違《ちが》う。窓に布を掛《か》けた、やや暗い馬車の中でも、光を放つかのような、圧倒《あっとう》的な存在感がある。

馬車は、静かに進み出す。

「怪我《けが》はないようだな」

出掛《でか》けたときとはすっかり恰好《かっこう》の違うランディオールだが、怪我をした様子はない。

「この馬車は……」

兄伯爵が乗って外出できるのだから、宮廷建築家《きゆうてい》が手掛《てが》けたものだろう。見覚えのない馬車を、ランディオールは見回す。

「お祖父《じい》様の屋敷《やしき》から借りた。一度向こうに寄ってから帰るぞ」

わざわざ迎《むか》えにきてくれたのだろうか。

「――先ほど、危《あや》ういところをレオン様に助けていただきました」

「あぁ。あれは貧乏性《びんぼうしょう》の暇人《ひまじん》だ。気にするな」

療養休暇《りょうようきゅうか》中で外出禁止のレオニールは、堂々と姿を人目に晒《さら》すわけにはいかないので、大通りを行く伯爵の馬車には近づけない。だが、遠くない場所にある、その存在を、お互《たが》いに感じている。

「ランディオール」

愛称《あいしょう》ではなく、名を呼ばれ、ランディオールは伯爵を見つめる。

「ベルナルド伯爵として命じる。その顔を、ルディに見せるな」

（え……？）

驚くランディオールに、伯爵は溜め息を吐く。

「ニトファーナの修道院で、わたしを襲った時と、同じような目をしているぞ」

今のランディオールは、伯爵家の使用人ではなく――。

(『人殺し』の顔だ……)

最初に、弟伯爵と引き合わされる前にも、トールキンス侯爵《こうしゃく》に注意された。指摘《してき》されて鏡の中の自分を眺めたランディオール自身も、その目つきの悪さを自覚した。

(この方は、全部わかっている……)

わかっていて、大切な弟の側に、ランディオールを置いてくれている。

見抜《みぬ》かれたランディオールは息を詰《つ》め、俯《うつむ》く。

「申し訳ありません……」

「わかればいい。お前がお前でなくなると、ルディが寂《さび》しがる」

「はい……」

静かに揺《ゆ》れる馬車の中、ランディオールは膝《ひざ》の上で握った拳《こぶし》を、小さく震《ふる》わせた。

第五光　唯一《ゆいいつ》絶対なるもの

トールキンス侯爵から指示されていた道順を通って、セルバンティスは侯爵の屋敷に馬車を戻《もど》した。大通りから屋敷町に入って後、擦《す》れ違《ちが》う馬車が一台もなかったのは、おそらくトールキンス侯爵が都を巡回《じゅんかい》中の小隊に何か命じていたからに違いない。

ベルナルド伯爵とランディオールを乗せた馬車は、誰《だれ》にも見られることなく、裏口からトールキンス侯爵の屋敷へと入る。

「やはり単独犯ではありませんでした」

セルバンティスに案内され、ベルナルド伯爵とともに、居間で待っていたトールキンス侯爵の前に通されたランディオールは、恭《うやうや》しく一礼して報告する。

氏素性《うじすじよう》を隠すために自分の意志で顔や喉《のど》を潰《つぶ》し、協力者を頼《たの》んで生活の面倒《めんどう》を見てもらうことが、絶対に不可能というわけではない。ニトファーナの修道院を訪《おとず》れた襲撃《しゅうげき》者は、何人かの集団で、修道院に宿を頼んだようだが、ベルナルド伯爵に個人的な恨《うら》みを抱《いだ》いていたものか、それとも何者かの差し金によるものかは、定《さだ》かではなかった。だが今回、復元されたあの襲撃者の顔に変装したランディオールを目撃《もくげき》して、怪《あや》しい集団が動いたことから、単独犯の可能性は完全に消えた。

「都におります、ベル様を襲撃した男の関係者と思われる者たちの顔を、何人か記憶《きおく》しました。襲撃した男や、ベル様のお命を狙《ねら》わせた依頼《いらい》者の詳細《しょうさい》を聞き出すには、捕《と》らえて口を割らせるのがよろしいでしょう」

「顔のない男については、どうであったか？」

ランディオールとトールキンス侯爵の間にあるテーブルの上には、銀盆に載《の》せられたレプリカの首がある。ハニーデュークは復顔した物をここにも届けていたらしい。

「知り合いらしい、頬《ほお》に傷のある男と会いました。判明した男の名前は『ザッキス』。故郷に病気の弟がいるらしく、出稼《でかせ》ぎのために都に出てきていたのではないかと聞きました。読み書きは得意ではなく、仲介《ちゅうかい》人に騙《だま》されて賃金を搾取《さくしゅ》されていたらしいです」

ハニーデュークが男の身体《からだ》から調べた、カスターマウト出身ということ以外は、顔を潰されていた男の名前や事情なんて、本当かどうかなどわからない。知らない土地で偽名《ぎめい》を使ったり、嘘《うそ》の家族構成を話す者なんて、いくらでもいる。大金が必要な理由に、他人に同情されるような事情をでっちあげるのも、よくあることだ。

侯爵家の執事《しつじ》であるタウンゼントは、トールキンス侯爵の前に静かにお茶のカップを置く。

「旦那《だんな》様、絵師に似顔絵を描《か》かせて、カスターマウトで聞きこみ調査をさせますか？」

「――――そうだな。子爵《ししゃく》に気付かれぬよう」

「かしこまりました」

お辞儀《じぎ》して、銀盆に置かれた首のレプリカに銀のカバーを被《かぶ》せ、タウンゼントはそれを持って居間から退出する。

顔を潰された男は、確かに射撃《しゃげき》は巧《うま》かったが、殺しを専門に請《う》け負うプロというより、都で集められた使い捨ての暗殺者の一人のように思える。黒幕、もしくは依頼者は果たして誰か。暗殺が領主の差し金というのはよくある話だが、カスターマウト子爵がベルナルド伯爵を襲撃させたかどうかはわからない。カスターマウト子爵が無関係だった場合、ベルナルド伯爵の命を狙った襲撃者が、領地出身の者だったと知られるのはよくない。


今ここに弟伯爵が同席していないのは、病気で兄伯爵に任せてしまったすべての公務について、屋敷でオースティンに説明を受けているからだ。王子と二人だけの、昨日のお茶会のようなものは、当事者である兄伯爵から子細を聞かねばならないが、そうでないものは同行しているオースティンから話を聞ける。記憶は補完しておかねばならないし、兄伯爵と同じ立ち居振《いふ》る舞《ま》いができるか、試《ため》してみなければならない。後でまとめて報告を受ければいいことは、後回しだ。ニトファーナの修道院での襲撃事件以後、領地でも都でもベルナルド伯爵邸《はくしゃくてい》は、トールキンス侯爵の計らいで付近の警備が強化されている。教育と護衛の為《ため》に幼い頃《ころ》から仕えているランディオールがいなくても、屋敷にいる限り、弟伯爵の身は安全だ。

「誘《おび》き出せれば、後はわたしがやる」

そう言った伯爵《はくしゃく》に、ランディオールは驚く。

「いえ！　それはわたしが……！」

（そんな汚《よご》れ仕事……！）

この金の髪《かみ》の誇《ほこ》り高き伯爵様にさせられるわけがない――――！

『坊《ぼっ》ちゃま、どうぞ、このわたしにお命じください』

畏《おそ》れながらと、伯爵の前にお茶のカップを置き、セルバンティスは伯爵の横に膝をつく。

『坊ちゃまの手足となって、その役目を果たしましょう』

恭しく申し出るセルバンティスに、伯爵はにこりと微笑《ほほえ》む。

「案ずるな。何でもないことだ。わたしなら、その者に自分から口を割らせることができる。

嘘偽《うそいつわ》りは一言たりとも話させない」

瞬《まばた》いた伯爵の菫色《すみれいろ》の瞳《ひとみ》が、一瞬真紅《いっしゅんしんく》に輝《かがや》き、ランディオールはどきりとする。

（そうだ、この方は……）

双子《ふたご》として生まれた弟とまったく同じ姿形をしていても、今はもう人間ではないのだ。

『坊ちゃまが望ましいと思っていない事など、させられません』

きっぱりと言い切られ、伯爵は胸の中を見透《みす》かされた気がして、どきりとする。

「セルバン！」

『たとえ何に変わられようと、坊ちゃまが坊ちゃまであることは変わりません。わたしの仕事は、坊ちゃまをお守りすることです』

「言うな！」

その為に、セルバンティスは右手だけでなく、左目と声も失った。

（もうこれ以上何も……！）

セルバンティスと間近で向かい合った伯爵は、はたと目を瞬く。

「……顔色が悪くないか、セルバン」

『え？』

突然《とつぜん》、伯爵に話題を変えられて、セルバンティスは虚《きょ》をつかれる。伯爵の言葉に、トールキンス侯爵も、セルバンティスに注目する。

「確かに、少し顔色が優《すぐ》れぬな。しっかり食事をして、十分な睡眠《すいみん》をとっているか？」

トールキンス侯爵の問いかけに、一瞬セルバンティスは言葉を詰まらせた。その様子から、伯爵は思い至る。

「――わたしのせい、だな」

伯爵は視線を落とす。

「わたしに付き合わせて……」

温かい太陽の光を浴びてお昼寝《ひるね》する為、夜更《よふ》かしがすっかり日常になってしまった伯爵のせいで、確実にセルバンティスの睡眠時間は削《けず》られている。

『いいえ、違《ちが》います。坊ちゃまのせいなどではありません……！』

セルバンティスは懸命《けんめい》にそう言うが――――。

「夜は、以前のように休んでくれ……。わたしは、だいじょうぶだから」

『でも、それでは……』

誰か他《ほか》の者が、その時間の伯爵に仕えることになる。伯爵が口にするものをすべて、自分の手でお世話したいとセルバンティスは願ってきた。

――――セルバンのいれたお茶しか飲まない！

幼い日に伯爵が言ってくれた言葉が嬉《うれ》しくて、誰にも譲《ゆず》りたくなかった。

（思い出に縋《すが》る、つまらないこだわりでも、わたしは……）

「いい！　お茶もお菓子《かし》もいらない！　わたしに必要なのは、そんな物ではなく、お前だ！」

はっきりと断言した伯爵に、セルバンティスは言葉を失う。

（坊ちゃま――――）

セルバンティスに対し必死の様子の伯爵に、トールキンス侯爵《こうしゃく》は頰を緩《ゆる》める。

「孫の我《わ》が儘《まま》を聞き入れてくれるか？　セルバン」

柔《やわ》らかい声をかけられ、セルバンティスは深々と頭《こうべ》を垂れる。

『もったいない、お言葉でございます……！』

眼球は失っても、涙腺《るいせん》は機能を失っていないらしく、零《こぼ》れそうになる涙《なみだ》を、セルバンティスは唇《くちびる》を引き結んで耐《た》えた。

自身の身体を労《いた》わってくれるらしいセルバンティスに、伯爵は少しほっとし、そしてこれまでのことを思い返して、小さく溜《た》め息を吐《つ》く。

「ニトファーナで襲《おそ》われた時……、あの男を自害させなければ、もっと早く、こんな手間をかけることもなく何かわかったのかもしれない」

『ご自分を責めないでください。あの時は、わたしも間に合いませんでした……』

「勝手に怪我《けが》をして、心配をかけたな」

西に傾《かたむ》いた日差しが金の髪に当たり、伯爵の周りできらきらと光の粉が弾《はじ》ける。

（う……）

思わず目を奪《うば》われて、ランディオールは息を呑《の》む。物憂《ものう》げな伯爵は、何とも庇護《ひご》欲を刺激《しげき》する。守られることが当然の姫君《ひめ》のような、か弱い性格ではないとわかっているのに、胸がきゅんとなる。

「ベール！」

大柄《おおがら》なトールキンス侯爵は、襲いかかるような勢いで伯爵に抱《だ》きつく。ふっくらとした白桃《はくとう》のような滑《なめ》らかな頰に、ごつい髭面《ひげづら》を押しつけられ、ぞぞっと伯爵の背筋を怖気《おぞけ》が走る。

「うわーっ！　放せ！　糞爺《くそじじい》っ！」

ばたばたと暴れる伯爵と遠慮《えんりょ》なしのトールキンス侯爵に、ソファーにあったクッションが破《は》裂《れつ》して、詰《つ》め物の羽毛《うもう》が飛び散った。

落ちてくる羽毛にゆっくりと塗《まみ》れながら、ランディオールは両肩《りょうかた》の力を抜《ぬ》く。

（――何と言うか……）

悪循環《あくじゅんかん》だ。

伯爵が本気で力いっぱい嫌《いや》がり、嫌がるその様子にトールキンス侯爵は嗜虐心《しぎゃくしん》を煽《あお》られて、雰囲気《ふんいき》ぶち壊《こわ》し？

貸してもらった馬車を片付ける為、大切な伯爵をランディオールに任せ、セルバンティスは居間を出た。馬車を小屋に片付けたセルバンティスは、廏《うまや》に馬を戻《もど》したところで、がくりと膝《ひざ》を折ってしゃがみこむ。

（また……）

ひどい頭痛に襲われて、セルバンティスは顔を顰《しか》める。人目につかない場所で、よかった。少しだけここで休めば、楽になる。

「――大丈夫《だいじょうぶ》ですか？」

声を掛《か》けられ、セルバンティスはびくりと背を震《ふる》わせる。誰《だれ》も来ないと思っていたのだが、そうではなかったらしい。

『だ、大丈夫です……！』

よろけながら慌《あわ》てて腰《こし》を上げようとするセルバンティスに、黒縁眼鏡《くろぶちめがね》の青年は栗色《くりいろ》の髪を揺《ゆ》らしてうろたえる。

「あ、すみません、無理しないでください！　声をかけて、すみません！　本当にすみません！」

急いで謝られて、頭痛に襲われながらもセルバンティスは顔を上げ、苦笑《くしよう》する。

『い、え、こちらこそ……』

こんなところで具合を悪くしてしゃがみこんでいる、セルバンティスのほうがよくない。

（この人は……、今まで見たことのない人だ）

伯爵を襲撃《しゆうげき》した男に化けたランディオールを、屋敷《やしき》に連れてこようと予定していた日である。トールキンス侯爵の屋敷に来客があるはずはない。セルバンティスは伯爵と一緒《いつしよ》に何度もトールキンス侯爵の屋敷を訪《おとず》れているが、この青年を見かけたことはなかった。伯爵が生まれる頃《ころ》から仕えていても、セルバンティスは伯爵の遠縁《とおえん》まですべて知っているわけではないが、服装から考えるに、侯爵や伯爵の血縁者《けつえん》という感じではない。

『……新しくこちらにいらした方ですか……？』

「はい。行儀見習《ぎようぎ》いで、こちらでいろいろと学ばせていただいております」

セルバンティスに向かって、青年は深々とお辞儀《じぎ》する。

「え、と……、あの、ベルナルド伯爵様のところのセルバンティス様、ですか？」

セルバンティスは顔に暗い影《かげ》を落としている帽子《ぼうし》に気づき、急いでそれを取る。不審《ふしん》人物として咎《とが》められなかったのは、幸運に思える。

『――はい、ですが、わたしに様付けは必要ありません』

貴族のお屋敷の使用人は、家督《かとく》を継《つ》げない貴族家の子女がほとんどだ。ストロハイム国王と懇意《こんい》にし、東方の軍事力を束ねるトールキンス侯爵家に身を寄せるのだから、青年の生家の格は決して低くない。セルバンティスはベルナルド伯爵に仕える優秀《ゆうしゅう》な執事《しつじ》だが、生まれは定《さだ》かではない。身分としてはもっとも低いと考えているので、誰からも、様をつけて敬われるような覚えはない。

「でも、騎士《きし》の称号《しょうごう》を授《さず》かられるのだと……」

『そのお話は、辞退していますので』

「し、失礼いたしました……！」

黒縁眼鏡の青年は、恐縮《きょうしゅく》して小さくなる。耳まで赤くなっている青年は、清潔感があってスマートで、育ちがよさそうで誠実そうだ。

『お名前を伺《うかが》っても……？』

青年はセルバンティスを知っているらしいが、セルバンティスは彼のことを知らない。

「す、すみません、御無礼を……！」

自分は名乗りもせず、相手だけを確認《かくにん》するのは、礼儀《れいぎ》に反している。青年はすっかり恐縮しながら、急いで腰を落とし、セルバンティスと目線の高さを同じにして言う。

「アンドリューと申します」

『……はじめまして』

アンドリューが差し出した手を、一瞬躊躇《いっしゅんためら》ってから、セルバンティスはそっと握《にぎ》る。硬《かた》い義手の感触《かんしょく》にアンドリューは驚《おどろ》いたが、握手《あくしゅ》した手を離《はな》さず、もう一方の手をセルバンティスの背に添《そ》えた。

「どうぞ、こちらへ」

『すみません、お邪魔《じゃま》ですね……』

頭痛を堪《こら》えて、セルバンティスは力なく微笑《ほほえ》む。セルバンティスの右手を握り、背を支えたまま、アンドリューは首を横に振《ふ》る。

「いえ、そうじゃありません。ここでは十分に休めませんから」

強引《ごういん》ではないが、腰を上げさせられて、セルバンティスは困惑《こんわく》する。

『あ、の……、ちょっと朝から具合がよくなかったのを、誤魔化《ごまか》して出てきてしまったのです。わたしのことは、どうぞ、坊《ぼっ》ちゃまや侯爵様のお耳に入れないでください』

嘘《うそ》をつき、懇願《こんがん》したセルバンティスに、アンドリューは静かに微笑んで頷《うなず》く。

「はい。わたしとセルバンティスさんだけの秘密です」

アンドリューは厩の横手にある井戸《いど》の近くへと、セルバンティスを連れていった。この屋敷で働いている使用人が、主人や他の使用人の目を気にせずに小休止できる場所だ。具合よく枝を伸《の》ばした樹木が日陰《ひかげ》を作り、その近くにさり気なく置かれている樽《たる》や木箱に腰を下ろせるようになっている。寄せ植えの植え替《か》え用に育てられている花の苗《なえ》や緑も清々《すがすが》しく、吹《ふ》き抜ける風が心地《ここち》いい。

「ちょっと休憩《きゅうけい》しようと思ってたところだったんです」

セルバンティスを見つけたのは、たまたまなのだとアンドリューは言った。

「こちらで、お掛けになっていてください」

アンドリューに助けられて、セルバンティスは木箱に腰を下ろす。アンドリューは急ぎ足で何処《どこ》かに行って戻ってくると、ポンプを動かして井戸から水を汲《く》み上げ、杓《しゃく》とバケツを綺麗《きれい》に濯《すす》ぎ、セルバンティスに杓に酌《く》んだ水と、薬包紙に包んだ薬を渡《わた》す。

「解熱剤《ざい》です。少し熱が出ておられるようですよ。それ、とてもよく効きますから、どうぞお服《の》みください」

『……すみません』

「いえ」

にこりとアンドリューは微笑んで、セルバンティスが腰掛《こしか》ける木箱の近くの樽に腰掛ける。

セルバンティスは冷たい水で喉《のど》を潤《うるお》し、薬を服んで、ほっと一息つく。少しずつだが、頭痛はましになってきているように思う。

(これなら、もう少し休めば……)

普通《ふつう》に伯爵《はくしゃく》たちと接することができるだろう。強張《こわば》っていた身体《からだ》から力を抜くセルバンティスに、アンドリューはしみじみと溜《た》め息を吐《つ》く。

「――お若いのに、いろいろ御苦労《ごくろう》なさってるんですね」

声と手と、目と。セルバンティスは伯爵邸《てい》でも、兄伯爵のいない場所ではほとんど喋《しゃべ》らない。伯爵に同行して侯爵邸に出入りしても、侯爵の執事であるタウンゼント以外の侯爵邸の使用人と会話することはない。精巧《せいこう》な細工物なので、よほど近づいた者にしか、セルバンティスが身体の数箇所を機械化していることはわからない。アンドリューの言葉に、セルバンティスは自《じ》嘲《ちょう》する。

『いえ。わたしなど、たいしたものではありません……』

(坊ちゃま……)

金の髪《かみ》の見目麗《うるわ》しい少年伯爵。まだか細い両肩《りょうかた》に、領地の未来と領民の生活、そして命を担《にな》い、死さえも敢然《かんぜん》と退けた者。誰より誇《ほこ》り高く清らかで、それ故《ゆえ》に人の道から外れ、穢《けが》れてもなお神々《こうごう》しくある人。

アンドリューは杓を持つセルバンティスの手元を見つめる。

「相当の……、え、と、業物《わざもの》、と申し上げたらよいのですか？　凄《すご》いですね。そうして手袋《てぶくろ》をされていて、触《ふ》れていなければ、とても作り物の手だなんて、わかりません。さすが、伯爵家にお仕えする方の持ち物は違《ちが》いますね」

生身と変わらないほど滑《なめ》らかに動く義手の精巧さに感心するアンドリューに、何と答えたものかと、セルバンティスは曖昧《あいまい》な笑《え》みを浮《う》かべる。

『えぇ、まぁ……』

「ご存じですか？　失われた手足を補う細工師の中には、粗悪《そあく》な物を高額で売りつける者もいるらしいです。一度そういう輩《やから》の細工物を身につけてしまったら、身体に変な癖《くせ》がついてしまって、抜《ぬ》けないとか。ひどい場合には、内臓に負担がかかって、ぼろぼろになるらしいです。

よかれと思って、藁《わら》にも縋《すが》る思いでやったことが、かえって命を縮めてしまうことになるなんて、皮肉ですよね」

『――怖《こわ》い話ですね』

「侯爵様や伯爵様は、そんな連中にお近づきになることはないでしょうから、関係ありませんよね。えーと、何て名前だったかな……、そうそう、『ハニーデューク』だ」

アンドリューの口から出た名前に、セルバンティスはどきりとする。

「どこにいるのかもわからない、手術したら、大金をとってそれきりで逃《に》げてしまうような、闇《やみ》医者らしいですから、伯爵家にお勤めのセルバンティスさんのような方には、本当、関係ないですけど」

『そう、ですね……』

そこでゆっくりしていて大丈夫《だいじょうぶ》だからとセルバンティスに言って、小休止を終えたアンドリューは仕事に戻《もど》っていった。

一人残されたセルバンティスは、手足の先から冷たくなっていく感覚に襲《おそ》われる。

(ハニーデューク先生が……)

悪評は真実ではなく、妬《ねた》みからも流れる。ハニーデュークのように超一流《ちょういちりゅう》の腕《うで》を持つ医師ならば、根も葉もない噂《うわさ》があっても不思議はない。確かにハニーデュークの要求する報酬《ほうしゅう》は高額だが、彼の仕事はそれに匹敵《ひってき》する。そしてハニーデュークは、逃げるわけではなく、呼ばれもしないのに伯爵家に入り浸《びた》っている。それでも――――。

（この頭痛……）

それまで体験したことのなかったひどい頭痛に悩《なや》まされることになったのは、いつからだったかと考えると、セルバンティスの気持ちは沈《しず》む。どんなに優《すぐ》れた機能を持っていたとしても、機械は作り物であり、生身には遠く及《およ》ばない。代用品なのだから、何かしらの不都合が出てきても、きっと不思議ではない。

（思い悩んでいても、埒《らち》が明かない）

あまりに長く姿を見せないと、伯爵を心配させてしまうだろう。アンドリューに貰《もら》った薬はよく効き、頭痛は去ったようだ。深呼吸して気持ちを落ちつかせたセルバンティスは、立ち上がろうとして、目眩《めまい》を起こした。

『……っ……！』

膝《ひざ》を折って座りこんだセルバンティスは、激しく咳《せ》きこむ。温かいものが喉を逆流し、口許《くちもと》を覆《おお》った手、白い手袋が真っ赤な血に染まる。

（な……!?）

吐血《とけつ》したことに、セルバンティスは目を剝《む》く。

（こんな――――）

ぜいぜいと息をしたセルバンティスは、周りを見回して誰《だれ》もいないことを確認し、急いで口を漱《すす》ぎ、手袋を交換《こうかん》する。

(わたしは、坊ちゃまのお役に立つために、この身を機械に変えた……！)

目の前が暗くなるのを感じながら、セルバンティスは衣服についた土や埃《ほこり》を払《はら》い、立ち上がる。

(行かなくては――――)

金の髪の少年伯爵《はくしゃく》、セルバンティスが誰より大切に思う人が、待っている。

少し時間はかかったが、きちんと装束を整えてから厨房《ちゅうぼう》に向かい、居間にお菓子《かし》のワゴンを運んだセルバンティスの不調に気付いた者は誰一人いなかった。セルバンティスは何事もなかったように、伯爵たちに菓子を給仕《きゅうじ》し、お茶のお代わりをいれる。

「お祖父《じい》様、もう一度、今日使わせていただいた馬車をお借りしたいのですが。よろしいですか？」

「あぁ、構わぬ。好きに使うがよい」

伯爵は夜逃《よに》げをするように屋敷《やしき》を出たときに、怪物《かいぶつ》の襲撃《しゅうげき》を受けている。だがあの時に伯爵が乗っていた馬車は、伯爵邸にあった物のなかでも、一番粗末《そまつ》な馬車で、『宮廷《きゅうてい》建築家』の手によるものではなかった。夜の外出であっても、宮廷建築家の手掛《てが》けた馬車を用い、そこから出ないなら、伯爵は怪物に襲われることはない。

「怪物の出る、夜の混乱に乗じるのが、理想ではあるのだがな」

襲撃者を差し向けた組織の人間を捕《と》らえて、口を割らせようという伯爵に、ランディオールは溜め息を吐く。

(この人は……!)

止めても止まらない。こうと決めたら真っ直《す》ぐ突《つ》き進む、金の弾丸《だんがん》のようだ。

「——そうですね。うまく誘《おび》き出してみせます」

できない、などとは言えない。それがランディオールに望まれている役目だ。頼《たの》もしい言葉に、伯爵は満足してにっこりと微笑《ほほえ》む。

「それに今なら、レオニールもいる」

療養休暇《りょうようきゅうか》中だが、暇《ひま》を持て余している。軍人としての勤務という制約がない為《ため》、かえって伯爵にとっては都合がいい。

「おぉ。確か、王子の研究に付き合わされたとか。あの者も大儀《たいぎ》であったな」

事情を知らされていないトールキンス侯爵は、怪物の殲滅《せんめつ》に貢献《こうけん》している軍人であるレオニールを、将来有望な若者だと高く評価している。将軍家の子息でさえなければ、トールキンス侯爵は彼と対《つい》となった孫のために、すぐにでも自分の束ねる東方の軍に引き入れていただろう。

「カスターマウト子爵領《ししゃくりょう》での聞きこみも、じきに報告が来よう。追って知らせる」

「お手数をお掛《か》けいたします」

尽力《じんりょく》してくれる祖父トールキンス侯爵に、伯爵は頭を下げる。殊勝《しゅしょう》な様子の可愛《かわい》い伯爵に、トールキンス侯爵はでれりと笑み崩《くず》れる。

「なになに、可愛い孫の為じゃ。構わぬ。しかしどうしても礼をと言うなら、ほれ、ここに、ちゅーっと」

人指し指で場所を示して頬《ほお》キスを要求するトールキンス侯爵に、伯爵は鼻先に突きつけるようにしてシュークリームを差し出す。

「おとなしく菓子でも食ってろ」

「小さい頃《ころ》は、『おじーちゃまだいちゅき〜』と、飛びついてきよったくせに」

大きな図体《ずうたい》で、シュークリーム片手にいじけるトールキンス侯爵に、伯爵は怒鳴《どな》る。

「過去を捏造《ねつぞう》するな！」

ソファーの上に立ち上がりそうな勢いの伯爵を、セルバンティスが宥《なだ》める。

溢《あふ》れるばかりの愛情表現、力の加減知らずの抱擁《ほうよう》と、お髭《ひげ》ぞりぞりスキンシップで、幼少時分から可愛い孫には全身で力いっぱい嫌《いや》がられていそうなトールキンス侯爵に、ランディオールは内心苦笑《くしょう》した。

第六光　ぬかりなく滞《とどこお》りなく

ニトファーナの修道院に襲撃者を送りこんだ組織に、兄伯爵自ら探《さぐ》りを入れることを聞いた弟伯爵は、難色を示した。

「御身《おんみ》を怪物に狙《ねら》われている兄上が夜出歩くなんて、もっての外です！」

仲よくソファーに並んで腰掛《こしか》けながら、断固として言い放つ弟伯爵に、兄伯爵は小首を傾《かし》げる。

「わたしがわたしの命を狙う者のことを探るのだ。道理だろう？」

「それは……、そうかもしれませんが……。兄上はそのような捜査《そうさ》に関して、まったくの素人《しろうと》ではありませんか。あまりに危険すぎます……！　お祖父様にお任せしましょう？」

正論でも嫌なものは嫌だと口を尖《とが》らせる弟伯爵に、兄伯爵は言う。

「ルディ、伯爵たる者が、お祖父様に頼《たよ》るのはどうかと思う」

歳若くとも、貴族であり一領主だ。自分の問題は自分で解決しなければ、爵位《しゃくい》を冠《かん》する者として、あまりに不甲斐《ふがい》ない。

「それでも、万が一にも、何か間違《まちが》いが起こってからでは遅《おそ》いです……！」

「わたしを案じてくれるのはありがたいが、わたしは既《すで》に一度死んでいる。ベルナルド伯爵は、ルディ、お前だ。わたしがいてもいなくても、何も変わらない」

「兄上！」

声を上げる弟に、兄伯爵は静かに言う。

「それにルディ、わたしには人にない力がある。わたしなら、魔眼《まがん》を使って、嘘偽《うそいつわ》りのない真実だけを語らせることができる」

「そ、それは……、そうですけれど、でも……！　相手によっては、そのお力が及ばないことも、あるではありませんか……！」

伯爵が吸血鬼《きゅうけつき》となって得た魔眼の効力は絶大だが、魔眼は内面に働きかける力で、場合によっては求める効果が現れないこともある。しかも、実際に使ってみなければ、魔眼が有効かどうかはわからない。

「そうだな。うまくいかないときもある。その時には、相手の隙《すき》をつくようにして、わたしのペースに引きこまなければいけない。隙のない相手なら、弱らせて隙を作る」

吸血鬼となった伯爵には、他者の生命力を奪《うば》い取る能力もある。意志の力が強くて魔眼の暗示にかからない者も、生命力を奪って肉体的に弱めたならば、魔眼の効果も期待できる。しかし奪い取る生命力が多すぎれば、相手を死に至らしめる行為《こうい》となる。

（兄上……、それほどまでのご覚悟《かくご》を……）

いつも迷惑《めいわく》がりながらも、間近で戯《たわむ》れ遊ぶ小鳥やリスたちに優《やさ》しい兄。領民を愛し慈《いつく》しみ、生命を大切に思っている兄の言葉に、弟伯爵は声を失う。信じられないという面持《おもも》ちの弟伯爵に、伯爵は頷《うなず》く。

「その為に、不本意だがレオニールにも協力を頼む。わたし一人ではうまく対処できないかもしれないからな」

血が十分に足りていれば、生命力を奪う力も加減ができる。どんな相手だろうと、命を奪わずにすむ。

『ルディ様、坊《ぼっ》ちゃまはわたしのこの命に代えましても、お守りいたします』

「夜間に外出されますが、ベル様は侯爵《こうしゃく》様のお屋敷から借り受けた馬車の中にいていただきます。馬車の外に出ていただくことはありません。ベル様を襲《おそ》った男の仲間は、わたしが誘き出します」

セルバンティスとランディオールは、弟伯爵に恭《うやうや》しく一礼する。

「兄の我が儘を許せ」

静かに願う兄伯爵に、弟伯爵は何も言えずに顔を伏《ふ》せた。

飲み頃のお茶のカップをセルバンティスから貰《もら》い、伯爵は喉《のど》を潤《うるお》す。

「――――この呪《のろ》わしい身に何ができるか、わたしなりに考えた」

ランディオールからお茶を貰った弟伯爵は、目を瞬《まばた》いて兄伯爵を見つめる。伯爵は指でそっと弟伯爵の髪《かみ》の乱れを直し、優しく微笑む。

「この前のように、病気で寝《ね》こむような時のために、このまま身を隠《かく》しながらずっとルディを助けていくのもいい。だが、人ならざる身となって得た力を、このまま眠《ねむ》らせておくのももったいないと思えたのだ」

伯爵《はくしゃく》は病気だった弟伯爵に代わり、公務で法廷《ほうてい》に出席した。伯爵の魔眼は、伯爵に都合のいいように他人を意のままに従わせるだけのものではない。裁判では、誰《だれ》が何をどうしたか、それが問題になる。犯人とされる者がすべてを吐露《とろ》したなら、裁判は簡単なのだが、現実はそううまくはいかない。魔眼の力を用いれば、ひとつの事件について、大人数が貴重な時間を費《つい》やして調査し、論議しなくても、罪咎《つみとが》は自《おの》ずと明らかになる。罪人は己《おのれ》の犯《おか》した罪の重さに見合った裁きを受けて、償《つぐな》うことができるだろう。冤罪《えんざい》で苦しむ人間をなくすこともできる。本人しかわからない真実を探る魔眼の力は、伯爵だけが使える特別な力だ。人々の役に立つ、用い方ができれば、これほど素晴《すば》らしいことはない。

「じゃあ、もう北には……」

吸血鬼化した伯爵は、吸血鬼化した先人であるキャスリー公爵《こうしゃく》を訪ねて、北のヘルムト樹林に向かおうとしていた。

おずおずと尋《たず》ねる弟伯爵に、伯爵は微笑《ほほえ》む。

「行かないよ、ルディ」

「兄上！」

きっぱりと言い切った伯爵に、弟伯爵は抱《だ》きつく。

「よかった……！　これからも、ずっと側にいてください。ね？　約束ですよ」

「あぁ」

きゅんきゅんと懐《なつ》く弟伯爵と、伯爵は指切りをし、顔を見合わせて微笑みあう。ほっと肩《かた》から力が抜《ぬ》けたように微笑む弟伯爵の様子から、口には出さなくても、ずっと気にしていたらしいことがわかった。

「はっきりした態度をとらず、すまなかった」

「いいえ、いいえ……」

弟伯爵は目を潤《うる》ませて微笑む。

「お聞きするのが、怖《こわ》かったんです……。ずっと、僕がお引き止めしていたので……」

ピアノを弾《ひ》きたくないと愚図《ぐず》ってみたり、病気で臥《ふ》せってしまったり。お願いしなくても気を配ってくれる兄伯爵の優しさに甘えて、ずっと助けてもらっていた。

「でも、兄上。危険なことは、どうぞおやめください……！」

懇願《こんがん》する弟伯爵に、兄伯爵は困ったように微笑む。

「レオニールは軍人として、これからも多くの手柄《てがら》をたてるだろう。わたしも、何か役に立ちたい。血を求める呪わしい身となってしまったことを、過《あやま》ちではなかったと、思いたい」

「兄上……」

弟伯爵は兄の言葉に感動して、さらに目を潤ませる。

「ブラボー！　伯爵サマ！」

お茶菓子《がし》を載《の》せたワゴンを押すミリアムたちと一緒《いっしょ》に部屋に入ってきたハニーデュークが、ワインの瓶《びん》を小脇《こわき》に抱えてオペラの観劇のように気取った拍手《はくしゅ》を贈《おく》る。

「前向きで偉《えら》いねぇ」

「茶化《ちゃか》すな、馬鹿《ばか》者」

「ご立派ですわ、坊ちゃま……！」

伯爵家に仕え、生まれた頃《ころ》から伯爵を知っているマーゴットは目頭《めがしら》を押さえ、伯爵に注目して足元が疎《おろそ》かになったミリアムは、足を縺《もつ》れさせて転んだ。ミリアムに突《つ》き飛ばされて転がってきたワゴンを、ランディオールはそっと受け止める。

（転んでも、ただじゃ起きないって事だろ……）

見た目が愛らしくか弱そうだが、短期間であれ兄伯爵は領主として立派に人の上に立っていただけあって、打たれ強く挫《くじ》けない。ランディオールは感動している者たちの手前、余計な口を挟《はさ》まないようにした。

ハニーデュークは居心地《いごこち》のいい一人掛《が》けソファーに腰《こし》を下ろし、ワイングラスを傾《かたむ》ける。

「実際、僕が知る限り、対《つい》を得た吸血鬼は、伯爵サマたちが初めてだからね。君たちの生き方は、この先誕生するかもしれない吸血鬼にとって、学ぶべき前例になる。悪くないよ。君たちは対を得たことで、身体《からだ》の状態が安定して、普通《ふつう》の人間だった頃と変わらない生活ができるようになったね。普通に暮らせるようになったことに加えて、人を超《こ》える力を新たに得て、それを自在に駆使《くし》できるようになった。お互《たが》いの強い依存《いぞん》関係は、避《さ》けられないけれどね」

「その『依存関係』が、好ましくないのだが」

溜《た》め息を吐《つ》く伯爵に、ハニーデュークは笑う。

「嫌《いや》なら、やめちゃえばいいんじゃないかなー」

「そんな意地悪を言わないでください！」

兄を庇《かば》うように少し前に出た弟伯爵に睨《にら》まれ、ワゴンで運んできたお茶菓子、イチゴのムースの皿を置こうとしたマーゴットに皿を遠ざけられ、これはまずいと苦笑《くしょう》したハニーデュークは、ごめんなさいと肩を竦《すく》めた。

「何にせよ、有効活用はよいことだよ、伯爵サマ」

「そうだな。これからのことは、ひとまず置いておくとして、とにかく、まずは我が身に掛かる火の粉を何とかしなければ」

セルバンティスからイチゴのムースの皿を受け取る伯爵に、ハニーデュークはくすくす笑う。

「いい練習になりそうだねぇ」

「患者《かんじゃ》が待ってるだろう。帰れ」

「んー、僕はね、僕を本当に必要としている患者だけを、診《み》ることにしてるんだ」

待たせることに頓着《とんちゃく》なしと、不良医者は言い切って、ムースを肴《さかな》にワインを味わった。

「さきほどのお話ですが……。いつ動かれるのですか？　兄上」

襲撃者《しゅうげきしゃ》を探《さぐ》るのはいつなのだと尋ねられ、伯爵は吐息《といき》にイチゴの甘い香《かお》りを交えながら答える。

「あいつが『動けるようになったら』、だ」

万全《ばんぜん》を期す為《ため》には、レオニールの存在が必要不可欠だ。

寮《りょう》で療養休暇中《りょうようきゅうか》のレオニールに往診《おうしん》があったのは、ランディオールが調査を行う為に動いた日から三日後のことだった。

レオニールが入っている寮は、若い独身男性の為の物なので、風紀を乱さないよう、女性の立ち入りは看護師であっても認められない。寮の食堂等で働く職員も、すべて男性だ。助手を連れることなく、寮を訪問してレオニールの診察を行った医師は、伯爵の魔眼による暗示が功を奏し、非常識に完治している傷を見ても顔色ひとつ変えなかった。カルテに記載《きさい》されたのは、常識的な治癒《ちゆ》状態である。

「外出の許可はもらえるだろうか？」

「外出ですか？　そうですね……」

レオニールに問われて、医師は考える。血色もよく、怪我《けが》も完治して、見るからに健康体のレオニールを前に、真剣《しんけん》に思案する医師の姿はちぐはぐだが、部屋にはレオニール以外いないので問題ない。

「……外の空気を吸いに、散歩をするぐらいなら、いいでしょう」

屋内に閉じこもってばかりでは、気持ちも滅入《めい》ってしまう。お天気のいい昼間に、無理をしない程度に散歩するのは、事務職に就《つ》いている人間にもいいことだ。

診断書を、レオニールは手に入れた。

「外出許可の診断書を頼《たの》む。制限事項《じこう》は書かなくていい」

怪我人が勝手にふらふら出歩いていると思われては、小隊長として体裁《ていさい》が悪い。軍のような組織においては、書類の効力は大きい。権威《けんい》のある者の証明があれば、少々不自然であろうとも認められる。昼間や短時間なら許可するという書きこみのない、どうともとれる都合のいい診断書を、レオニールは手に入れた。

往診の医師が帰ったのと入れ替《か》わりに、勤務の休憩《きゅうけい》時間を利用してフェルナンドがレオニールの部屋を訪問した。

「ほら、レオン」

「すまない」

テイクアウトの食事を差し入れてもらったレオニールは、遠慮《えんりょ》なくそれに手をつける。寮で療養休暇中の身であるレオニールの部屋に届けられるのは、栄養管理された、消化のよい病人食だ。医師のカルテ同様に、この栄養管理食も、療養休暇時の記録として軍の事務局に提出されている。健康体であるレオニールには当然足りないが、買い食いに出ることもできないので、フェルナンドが差し入れを引き受けた。

「フェル、伯爵に連絡《れんらく》を頼む」

「首尾《しゅび》は上々か。了解《りょうかい》」

「それと……」

ちらりと視線を窓の外に向けたレオニールに、フェルナンドは頷《うなず》く。今、戻《もど》ってくる時にもフェルナンドは仮面の男の姿を見かけた。少し探りを入れてみたが、レオニールを監視《かんし》している仮面の男は、どうやら軍関係者ではないようだ。

「わかった。見回りを強化させよう。人気者だからな、レオニール隊長は」

どこの誰《だれ》に頼まれた者かは知らないが、外でこっそりレオニールの様子を窺《うかが》っている仮面の男は、明らかに不《ふ》審《しん》人物だ。レオニールの為にと、ちょっと声をかければ、手の空いている若い隊員は、皆《みな》喜んで手伝ってくれる。憧《あこが》れのレオニール隊長が、療養休暇をとって休んでいる部屋を見張っている怪《あや》しい男など、絶対の排除《はいじょ》対象だ。近づく人間の気配を察知すれば、仮面の男は速《すみ》やかに立ち去る。仮面の男が諦《あきら》めるか、依頼《いらい》者の指示で止めて完全に立ち去らない限り、いたちごっこではあるが、そうして誰かにうろうろしてもらったなら、仮面の男が近くにいても、仮面の男の気が逸《そ》れて部屋を見ていない隙《すき》に、レオニールはこっそりと抜《ぬ》け出せる。

「できれば、明日にでも復帰して欲しいよ、レオン。お前がいないと、調子が狂《くる》う」

他《ほか》の隊に編入されても、フェルナンドは優秀《ゆうしゅう》な軍人のはずだが、本人としては不満が残るようだ。ぼやくフェルナンドに、レオニールは笑う。

「いたらいたで、俺は手がかかって面倒臭《めんどうくさ》い奴《やつ》だぞ？」

「見えるところで煩《わずら》わせろ」

「隣《となり》は空けとけ」

「お前以外に、誰がいるんだよ」

にやりと笑ったレオニールとフェルナンドは、お互いの右拳《こぶし》を軽くぶつけ合った。

「待ってるぜ、隊長殿《どの》」

「扱《こ》き使ってやるから、今のうちにせいぜい休んでおくんだな」

「そいつは、お手柔《てやわ》らかに」

フェルナンドは苦笑する。本当に遠慮なく扱き使われては堪《たま》らない。

フェルナンドが鳥を飛ばして、いつでもレオニールが外出できるようになったことを知らせてきたので、その晩、伯爵《はくしゃく》は速やかに行動に移すことにした。連絡を受けて、トールキンス侯《こう》爵《しゃく》邸にあった馬車が、伯爵邸に届けられる。

「(お加減、いかがですか?)」

駆者《ぎょしゃ》をしてきた青年に、誰も近くにいないのを確かめて尋《たず》ねられ、侯爵邸の馬車を出迎《でむか》えたセルバンティスは微笑《ほほえ》む。

『ありがとうございます、アンドリューさん。いただいたお薬は、とてもよく効きました』

「身体に合うお薬で、よかったです。じゃあ、もう少しさしあげますね。途中《とちゅう》で具合が悪くなられては大変ですから、そうですね、今晩、お出掛《でか》けになる直前にお服《の》みになるといい」

『ありがとうございます。そうさせてもらいます』

セルバンティスはアンドリューから薬を三包みほど受け取る。

「では、今晩、がんばってくださいね。どうぞ、お気をつけて」

人のいい笑顔《えがお》を見せて、伯爵邸の小屋まで馬車を届ける役目を終えたアンドリューは、馬車から外した侯爵邸の馬に乗って、速やかに伯爵邸を立ち去った。

「――――これはまぁ、ずいぶんと古い馬車でございますね」

どんな物かと見に来たマーゴットは、とても侯爵の物とは見えない馬車に、目を丸くする。

「そこがいい」

屋敷《やしき》の中から流れてくる弟伯爵の奏《かな》でるピアノを聴《き》きながら、伯爵は微笑んで馬車の古びた車体を撫《な》でる。

マーゴットが驚《おどろ》いたように、この馬車は貴族が乗る物には、とても見えない。トールキンス侯爵がまだ小さい頃《ころ》から、侯爵邸にあったのではないかと思われる骨董品《こっとう》だ。元は豪奢《ごうしゃ》だったのかもしれないが、塗《ぬ》りは色褪《いろあ》せてあちこち剝《は》げ、擦《こす》った跡《あと》があり、金彩《きんさい》もくすんで茶色っぽくなっている。これを走らせたなら、いつ車輪が取れて、車体が分解するだろうかと心配になるほどボロい。思い入れはあっても、馬車にもその時々の流行があり、適度にそういうものを取り入れていかなければ、流行に疎《うと》いとか、馬車にかける金がないのかと、社交界で陰口《かげぐち》を叩《たた》かれることになる。馬車を新しいものと換《か》えて、古くなった馬車を業者に引き取ってもらう貴族は多いが、伯爵邸に今日届けられたこれは、旧式の払《はら》い下げ品というよりも、粗大《そだい》ゴミの置き場から持ってきたような感じだ。

車用の羽根箒《ぼうき》で車体の砂埃《すなぼこり》を払い、セルバンティスは微笑む。

『物は古いですが、さすが、宮廷《きゅうてい》建築家の手による物です。小回りはききますし、安定していて、速度を落とさずに角を曲がれます』

「見た目は悪いが、乗り心地《ごこち》は悪くない。なかなかの物だったぞ」

実際に乗って、よい意味で見た目を裏切ることを知っている伯爵は、満足そうにセルバンティスと微笑みを交《か》わす。

「しかしそれよりも重要なのが、『わたしが乗って不都合がない』かだ。これは、お祖父《じい》様が職人を呼んで、確認《かくにん》してくれた」

乗り物としてというよりも、『吸血鬼化《きゅうけつき》した伯爵が乗って大丈夫《だいじょうぶ》か』。

裁判所の東にあった半壊《はんかい》した教会で、怪物《かいぶつ》に襲《おそ》われそうになった伯爵は、宮廷建築家による建物でも、絶対安全なのだと過信してはならないことを学んだ。注意すべき点は、宮廷建築家によるものかどうか、その効力が損《そこ》なわれていないか。都の夜は、出没《しゅつぼつ》する怪物によって脅《おびや》かされている。伯爵は不用意に外出をすると、怪物を呼び寄せてしまう存在だ。古い馬車を借りるにあたって、怪物によるいらない騒動《そうどう》を引き起こさない為にも、怪物を寄せつけない効果が期待できるかどうかに、重点を置いて確認してもらった。

「闇《やみ》に乗じ、これに乗って出掛ける」

伯爵は馬車の扉《とびら》を開く。本当にこんな古い物に伯爵が乗るのかと、マーゴットは伯爵の後ろから恐々《こわごわ》馬車の中を覗《のぞ》く。

「建物の中にいるのと、条件は変わらない。わたしが車の外に出なければ、問題ない」

開かれた扉の奥は、外見の古さ粗末《そまつ》さとは相反した、リフォーム済みの綺麗《きれい》で贅沢《ぜいたく》な空間になっていた。真紅《しんく》のバラの花が溢《あふ》れ、ビロードとレースで飾《かざ》りたてられた車内に、まぁと再度びっくりするマーゴットの前で、伯爵はむっと渋《しぶ》い顔になる。

「また、余計なことを……！」

馬車の中に手を突《つ》っこんだ伯爵は、これはいらないあれもいらないと、中にあったものを次々に外に放《ほう》り出す。荷物整理用の荷車を運んできたセルバンティスと、庭木の世話をしていたオースティンが、伯爵が放り出したものを回収して荷車に載《の》せる。

すっかり何もなくなった馬車に、前に一度借りた時のようにセルバンティスが敷物《しきもの》とクッションを運びこみ、座っても疲《つか》れないように整えて、伯爵はその出来《でき》に満足した。

吸血鬼である伯爵が行動を起こすことは、伯爵の命を狙《ねら》う者たちに気づかれてはならない。

「僕はお祖父様とオペラ座におりますので」

他の貴族などの目撃《もくげき》証言を得るために、弟伯爵はトールキンス侯爵とお出掛けする。

「お気を付けて、兄上」

「あぁ。遅《おそ》くならないように帰るよ」

誰かに見つかっても誤魔化《ごまか》せるよう、二人揃《そろ》いで誂《あつら》えた晴れ着に身を包んで、弟伯爵は兄伯爵の頰《ほお》に行ってきますのキスをした。

伯爵の乗った馬車がどこに停《と》められるかは、事前に決められ、トールキンス侯爵からフェルナンドに、そしてレオニールに伝えられている。夜の催《もよお》しに出掛ける者たちが移動を終え、すっかり日が暮れたなら、伯爵は行動開始だ。

「それでは、例の場所で」

これまでに使っていない顔にランディオールは変装し、一人こっそりと伯爵邸を出た。ランディオールがベルナルド伯爵暗殺に関係している男を誰か一人誘《さそ》い出し、伯爵の馬車のある場所まで連れて行く。伯爵は馬車に乗ったまま、魔眼を使い、男から情報を聞き出す。伯爵の乗る馬車の馭者はオースティンが務め、レオニールとセルバンティスは万一のために武装して待機する。

(出掛ける前に……)

頭痛はしなかったが、今晩、この後にあの痛みに襲われると困る。用心の為《ため》に、セルバンティスはアンドリューから貰《もら》った薬を服用しておいた。

(一人なら、連れ出せる、か……)

夜の繁華街《はんかがい》を徘徊《はいかい》したランディオールは、顔を記憶《きおく》していた男を何人か見つけ、どの男がいいか、慎重《しんちょう》に観察する。六人組になって酒場に入った一団を追ったランディオールは、その店に入り、裏口と手洗いを確認する。

(ここは、使える)

手洗いに近い場所に席を取ったランディオールは、周りの客たちに気付かれないように変装した顔に朱《しゅ》を足し、注文した酒の一部を衣服に振《ふ》りかけて、匂《にお》いを移す。

引っ張って連れ出せそうな体格の男が手洗いに立つのを待ち構え、ランディオールは続いて手洗いに向かう。酔《よ》っぱらった振りをして近づいて――。

「……おっと、すまねぇな」

男にぶつかったランディオールは、隠《かく》し持っていた薬品を男の顔面に吹《ふ》きつける。狙い通りに薬品を吸いこみ、意識を失ってぐったりした男に、ランディオールは用意していたマスクを被《かぶ》せて顔を変え、髪《かみ》を水で撫でつけて、上着の上からポンチョを被せる。

(薬が切れて、自然に気がつくまで、十分……!)

意識を取り戻《もど》しかけているぐらいが、伯爵の魔眼にとって都合がいい。時間との勝負だ。

(誰《だれ》も俺に声掛《か》けんじゃねぇぞ……!)

第七光　君、死にたまうことなかれ

酒の匂いをぷんぷんさせ、今にも吐《は》きそうな酔っぱらいを介抱《かいほう》する振りをして、手洗いから男を連れ出したランディオールは、酒場の裏口から店の外に出た。後は時間との勝負だ。一口に繁華街と言っても、怪《あや》しげな連中が屯《たむろ》するこの辺りは、客のいる店内でさえ薄暗《うすぐら》く、人の顔を見分けるのも容易ではない。その裏通りともなれば、街灯などあるはずもなければ、窓から漏《も》れる光すら期待できない。建物の屋根に遮《さえぎ》られ、月明かりも届かない。夜目の利《き》かない者なら、一歩も前に進めそうもない細い路地の暗がりを、男を肩《かた》に担《かつ》いだランディオールは足音もさせずに障害物を器用に避《さ》け、伯爵《はくしゃく》を乗せた馬車の停《と》まっている場所に急ぐ。

（……霧《きり》……？）

やわやわと足元が揺《ゆ》れて見えることに、ランディオールは気付く。

（ちょっと待てよ、勘弁《かんべん》してくれよ……！）

武器は所持しているが、専門に訓練を受けている軍人でさえ手を焼くような怪物である。たとえランディオールが一人であっても、怪物を相手に戦うのは苦しい。ましてや、こんな大荷物を抱《かか》えているところを襲われたなら、ひとたまりもない。運悪くもしも怪物と遭遇《そうぐう》したら、抱えてきた男のマスクとポンチョを剝いで、怪物に向けて投げつけて、その隙《すき》に逃《に》げるしかない。

(出て来るなよ……！)

神様なんて昔から一度も信じたことはないが、祈《いの》るような気持ちで建物の屋根の向こうの見えない月を見上げ、ランディオールは先を急ぐ。

(この、気配……！)

仮面の男の監視《かんし》の目が逸《そ》れるのを待ち、軍服の上に黒のコートを着、闇に紛《まぎ》れてこっそりと寮《りょう》を出てきたレオニールは、はっと顔を上げる。

(来る)

あの、怪物《かいぶつ》が——！

今ならちょうど、フェルナンドが出向している小隊が都の巡回《じゅんかい》を行っている。フェルナンドとは別の小隊で、レオニール小隊から出向している隊員が、他《ほか》にも何人か都を巡回しているはずだ。怪物が発見されれば、速《すみ》やかに打ち上がるだろう発火弾《だん》は、まだ見当たらない。

(方向は……)

感覚を研《と》ぎ澄《す》まし、レオニールは怪物の気配を辿《たど》る。

怪物の気配を感じるのは、これからレオニールが向かおうとしている——。

「ちっ！」

忌《い》ま忌ましげに舌打ちして、レオニールは飛ぶような速さで駆《か》けだす。

そして、伯爵の馬車の直《す》ぐ近くに控《ひか》えていたセルバンティスも、次第《しだい》に濃《こ》くなっていく霧の中、片眼鏡《かためがね》に灯《とも》った光点に、どきりとする。

(怪物《かいぶつ》!)

光点が知らせてくれる、その数は五。真っ直ぐこちらに向かってくる――!

(坊《ぼっ》ちゃま……!)

セルバンティスは義手に仕こまれた刃を出し、戦闘《せんとう》態勢に入る。

馭者台《ぎょしゃ》で手綱《たづな》を握《にぎ》っていたオースティンも、路地の底を満たす霧に、不穏《ふおん》なものを感じる。

(これは……)

臆病《おくびょう》者の気のせいであってほしいと願いながら、オースティンは万一の用心で隠し持ってきた、愛用の草刈《くさか》り鎌《がま》の柄《え》に手を伸《の》ばす。

ひた、ひた。背後から迫《せま》り来る聞こえない足音を、ランディオールは感じる。ヤバイ時の勘《かん》だ。小さい頃《ころ》から、この足音の幻聴《げんちょう》が聞こえるときには、碌《ろく》なことがない。

(あと、もう少し……!)

この角を曲がった先、老朽《ろうきゅう》化して解体され、三方の外壁《がいへき》だけを残したアパートに、伯爵の乗った馬車が停まっている。

(見えた!)

うまい具合に、誰にも見つかることなく、ここまで男を連れて来ることができた。後はあの馬車に乗っている伯爵の前で男の目を覚まさせ、その覚醒《かくせい》時に魔眼《まがん》で虜《とりこ》にして、知っていることを全《すべ》て話させる。欲を言えば、こちらに情報を流させるように暗示を与《あた》えておけば、伯爵を再度暗殺しようという話が出ても、事前にそれを知ることができる。

もっとも気を抜《ぬ》きがちなのが、この、後もう少しと、終わりの見えた瞬間《しゅんかん》。この時の気の緩《ゆる》みが、取り返しのつかない事態に繋《つな》がる事を、何度も危ない橋を渡《わた》ってきたランディオールは知っている。知っているから、警戒《けいかい》を怠《おこた》らない。


——ギィイッ!


霧の彼方《かなた》から聞こえた声。

(最悪だ!)

よりにもよって、怪物が出てくるとは! 声は、建物の壁《かべ》で音の向きが変わって聞こえることがあるので、頭から信用することはできない。気配だけを頼《たよ》りに、どちらに動こうかと思案するランディオールの横。

『早く坊ちゃまのところへ!』

呼びかけながらセルバンティスが駆け抜けた。

「悪ぃ！」

後は任せたと、ランディオールは馬車へと急ぐ。

「(お待たせしまし……)」

ちか。

閃光《せんこう》のように、ランディオールの脳裏《のうり》を掠《かす》めたもの。

(！)

――――ドン！

身を捻《ひね》ったと同時に音もなく来た重い衝撃《しょうげき》に、ランディオールは男を肩に担いだまま倒《たお》れる。

「(ランディさん⁉)」

馭者台にいたオースティンは、突然《とつぜん》に倒れ、霧の中に沈《しず》んで見えなくなったランディオールに、何があったのかと驚《おどろ》く。このような状況《じょうきょう》ならば、誰よりも細心の注意を払《はら》うだろうランディオールが転ぶなんて、およそらしくない。

(何かあった⁉)

「……ぅ……」

ランディオールと一緒《いっしょ》に倒れた男が、呻《うめ》き声をあげる。ぬるりとした生暖かいものが、男の身体《からだ》に腕《うで》を回しているランディオールの手に触《ふ》れた。

（ちくしょう……！）

伯爵のいる場所まで、狙撃手《そげき》を連れてきてしまったのか。細心の注意を払いながらここまで来たランディオールは、自分がこんな不手際《ふてぎわ》をするなんて、思ってもいなかった。銃声《じゅうせい》は聞こえなかった。消音器を使っているようだ。

（くそ……！）

狙《ねら》われているのはランディオールではなく、拉致《らち》してきたこの男だ。ランディオールが気づくのが一瞬《いっしゅん》遅《おそ》かったら、頭を撃《う》ち抜かれていたに違《ちが》いない。

（口封《くちふう》じにしては、早すぎるぞ！）

ランディオールは急いではいたが、かなり注意深く行動していた。跡をつけられているようには感じなかった。

（二撃目が来る）

男を肩に担ぎ、霧《きり》の中を急いで左に移動したランディオールのすぐ近く、空気を切り裂《さ》いて何かが奔《はし》った。霧の底で小さく火花を散らし、石畳《いしだたみ》が砕《くだ》ける。霧に妨《さまた》げられて確実な居場所がわからず、見当をつけて撃ったようだ。

（……上から、か）

霧が動いた様子からも、銃弾《じゅうだん》には角度があることがわかった。高さのある視線。レオニールではない視線を、どこかから感じる。誰《だれ》かに見下ろされている。伝わるのは、殺気――！

（くそ……！）

ランディオールにとって僅《わず》かながらの救いは、狙撃者が単独犯らしいことか。弾《たま》は一方向からだ。

暗視鏡にもなっている片眼鏡の表示に従って、セルバンティスは路地の暗がり目掛《めが》けて駆ける。

(坊ちゃまには近づかせない!)

先頭を切り恐《おそ》ろしい速さで近づく怪物を、セルバンティスは真正面から迎《むか》え撃《う》つ。闇《やみ》を切り裂く白刃《はくじん》の一撃《いちげき》を受け、前進の勢いを殺せぬままに真っ二つになった怪物は、路地を埋《う》める霧の底に没《ぼっ》した。

(次……!)

油断なく刃を仕こんだ義手を構え、息を吸いこんだセルバンティスは——。

『……!』

ぐっと喉《のど》を迫り上がってきた熱いものに、目を見開き、慌《あわ》てて口許《くちもと》を手で覆《おお》う。しかし逆流してきたものは、とても抑《おさ》えきれずに、溢《あふ》れ零《こぼ》れた。口の中に広がる、温《ぬる》い金臭《かなくさ》さ——。

闇の底を満たす霧に遮《さえぎ》られ、とても見えないが、わかる。暗がりでも、手を濡《ぬ》らした生暖かい物の粘度《ねんど》を感じる。

吐《は》き出したのは、大量の血。

(どう、して……⁉)

つきん、と閃《ひらめ》くような激しい頭痛に襲《おそ》われ、セルバンティスは顔を顰《しか》めて片膝《かたひざ》をつく。限界を超《こ》えてしまった、のだろうか。機械化した部位に身体が拒否《きょひ》反応を起こし、もう、耐《た》えられなくなった、のか？

霧に取り巻かれながら呆然《ぼうぜん》とするセルバンティスに、黒い影《かげ》が迫る。

──ピー！

片眼鏡《かためがね》の仕《し》掛《か》けが危険を知らせ、はっとセルバンティスは我に返る。

(怪物《かいぶつ》！)

急いで腰《こし》を上げたが、武器を構えるのに間に合わない──！

「何をしている」

耳の真横で声が聞こえるのと同時に、目の前に迫っていた怪物が爆発《ばくはつ》した。崩《くず》れ落ちる怪物の向こうにいたのは、闇の中でも熱を感じさせる、一人の男。素手《すで》で怪物の頭部を粉砕《ふんさい》できるのは。

『──レオン、隊長……』

肩《かた》で息をするセルバンティスの方を見ず、レオニールは闇の向こうから来る怪物に向かって身を翻《ひるがえ》す。

(伯爵《はくしゃく》の逃げ道を確保しなければ)

どれだけの数の怪物が襲ってこようとも、発火弾《だん》での合図はできない。

「顔を洗って出直せ！」

セルバンティスだけに聞こえるよう言い捨てられたのは、辛辣《しんらつ》な言葉だが、それはセルバンティスの為《ため》だ。大切に思う主ベルナルド伯爵にこんな姿は見せられないし、満足に戦えないのに怪物のいる場所に出てくるのは、命を捨てるようなものだ。

『――すみません』

セルバンティスは執事《しつじ》コートのポケットからハンカチーフを取り出して、それで手と口を汚《よご》した血を拭《ぬぐ》う。

(大丈夫《だいじょうぶ》……！)

薬は服《の》んできた。できる限りのことをしてきた。後は、坊《ぼっ》ちゃまを守る為に戦うだけだ。

片眼鏡に、怪物の接近を示す新たな光点が灯《とも》る。

(路地は、塞《ふさ》がせない――――！)

「どうなっている!?」

暗くて視界が悪い上に、古い馬車の窓ガラスは、磨《す》りガラスとまではいかないが、かなり透《とう》明度《めい》が低い。馬車の中から外の様子を尋《たず》ねる伯爵に、オースティンは答える。

「予定通りに男を連れたランディさんと……、怪物が来たようです……！」

オースティンは思案する。

(撤退《てったい》すべきか⁉)

怪物が現れるという展開は、今回一番考えたくなかったことだ。しかしそれが現実となってしまった以上、伯爵の身の安全を第一に考えねばならない。作戦のやり直しは、機会をみて何度でもできる。今を正確に判断しなくてはならない。

手綱《たづな》を動かすことで、心を配る人間がちゃんといることを伝え、オースティンは怪物の気配に怯《おび》える馬を宥《なだ》める。

(ランディさん……！)

彼の連れてきた男は、もうすぐそこにいる。あの男に伯爵が暗示を与《あた》えることができたなら、即刻帰途《そっこくきと》につけるのだが……！

(暗示は無理、か⁉)

狙撃された男は、見事に腹に穴が開いていた。摂取《せっしゅ》していたアルコールが麻酔《ますい》作用を起こして、今は痛覚が鈍《にぶ》っているが、酔《よ》いが醒《さ》めたら、途端《とたん》にひどい痛みに襲われるだろう。手当てせずに放置すれば、確実に死ぬ。

「う、うぅ……」

呻く男に、ランディオールは舌打ちする。

(暗示は駄目《だめ》でも、こいつから何か聞き出せれば……！)

伯爵邸《はくしゃくてい》に戻《もど》れば、ハニーデュークがいる。手当てをしてもらえる。運悪く手遅《ておく》れになっても、あの胡散臭《うさんくさ》い医者の手に掛《か》かれば、完全に死んでしまっては無理だろうが、死にかけている人間ぐらいなら、自在に口を割らせることができそうな気がする。

男を担《かつ》いで腰を上げたランディオールは、視界を妨げる霧を最大限に利用する為、姿勢を低くしたまま馬車に走る。

「(すみません！　後ろにこいつとわたしを乗せてください！)」

長居は無用だ。古い馬車は、後部が荷台になっていた。伯爵に中から扉《とびら》を開いてもらう必要はない。

「(狙撃者がいます！　進路は西へ！)」

銃弾の角度から狙撃者の位置はおおまかに想定できる。西側に抜《ぬ》ければ、建物が邪魔《じゃま》をして銃弾は届かない。建物の上部にいれば、上から狙撃できて有利だが、行動範囲《はんい》は限定される。標的に障害物の向こうに移動されれば、すぐには対処できない。

さっさと男を連れ帰ろうというランディオールの意図は、すぐさまオースティンに伝わった。

「(馬車を出します！)」

合図を送られ、逃げ腰《ごし》になっていた馬は、待っていたとばかりに脚《あし》を動かす。

「ガア！」

半開しているアパート、枠《わく》だけになった二階の窓を粉砕しながら、動きだした馬車に怪物が飛び掛かる。

『させない！』

間一髪《かんいっぱつ》、駆《か》けつけたセルバンティスの刃が、怪物を分断した。

「ギィッ……！」

断末魔《だんまつま》の声をあげ、怪物が霧の底に沈《しず》む。

（まだ来る！）

セルバンティスは刃を構えて、瓦礫《がれき》の多い地面を蹴《け》る。上から襲いかかる怪物を、下から刃で――。

セルバンティスの見上げていた怪物の頭部に、風穴が開いた。風穴の向こうで、遥《はる》かな高みに浮《う》かぶ月の光が、白く輝《かがや》く。

（え!?）

怪物の頭部を突《つ》き抜けた銃弾《じゅうだん》は、セルバンティスの義手に仕こまれた刃に激突《げきとつ》した。振《ふ》り上げたばかりのセルバンティスの義手が、爆発するように粉々に砕《くだ》け散る。義手が接合されていた生身の部位までも、砕け散ったかと思うような衝撃《しょうげき》が、セルバンティスを襲った。

『――ぁ……！』

喉《のど》を裂《さ》いて出ようとした悲鳴を、息を詰《つ》めることでセルバンティスは押し殺す。

(——坊ちゃま……!)

こんな恐《おそ》ろしい悲鳴を、大切な主人の耳に入れるわけにはいかない。

何かが爆発した音が聞こえた。こんな音をさせる物は——⁉

「セルバン⁉」

「駄目です! 開けないで!」

中から伯爵が開けようとした馬車の扉を、ステップに足を掛けて車体に縋《すが》りつき、荷台に積んだ男を支えながら、ランディオールが押さえる。

「(しっかり掴《つか》まっていてください!)」

行く手を遮る怪物の姿はない。ここから抜け出すなら、今だ。

先を急ぐ馬車の中で、伯爵は窓から車外を必死で覗《のぞ》く。

「セルバン! セルバン!」

走り去る馬車の中、くすんだ古いガラス越《ご》しに伯爵が見たのは、執事コートの右袖《そで》をずたずたにし、義手をなくして霧《きり》の中に倒《たお》れてゆくセルバンティスの姿だった。

「セルバン!」

ランディオールがいくら外から扉を押さえても、伯爵《はくしゃく》は吸血鬼《きゅうけつき》であり、人にあらざる力を持っている。強引《ごういん》に扉を開けられないわけではない。扉を開くことは可能だったが、自分の身が怪物を呼び寄せることを知っている伯爵は、馬車の外には出なかった。

（――セルバン……！）

傷ついた彼を置き去りにして逃げるようなことを、したいわけではない。したくないのに、今はこうするしか、ない――。

伯爵はぎゅっと両の手に拳《こぶし》を握《にぎ》る。人の枠を外れても、なお伯爵は皆《みな》の手を煩《わずら》わせ、守ってもらわねばならない。魔眼《まがん》も、人を超《こ》えた運動能力も、今は使えない。

（こんな力なんて、いくらあっても――！）

大切な人の為に役立てられない力に、いったいどんな意味があるというのだろう――。

ばん！

馬車の屋根が鳴った。驚《おどろ》いてびくりと肩《かた》を震《ふる》わせ、伯爵は頭上を仰《あお》ぐ。

「レオニール！」

姿は見えないけれど、気配は感じる。

「追ってくる怪物《かいぶつ》を何とかするのが先だ……！」

追いすがる怪物から伯爵の馬車を守るなら、馬車に近い位置にいるほうが戦いやすい。人を超えた跳躍《ちょうやく》力で馬車の屋根に飛び乗ったレオニールの目にも、倒れ、霧の底に身を沈めるセルバンティスの姿がちらりと見えた。だが、怪物は伯爵の馬車を追っている。これまでの怪物の行動パターンから考えても、倒れたセルバンティスに止《とど》めを刺《さ》しに行く怪物はいない。

(今は、まず伯爵を――――!)

馬車が路地を完全に抜けるのを待ち、レオニールは発火弾の合図を送る。備品の数は厳しく管理されているので、一発の発火弾であれ、誰《だれ》がその合図をしたのか、後々問題になるだろうが、レオニールは寮《りょう》の部屋で療養休暇《りょうようきゅうか》中である。うやむやになって終わりだろう。

どんな些細《ささい》な失敗も命取りになるため、準備は注意深く行われたが、絶対に不測の事態が起こらないなどという保証はない。

「まぁね、これは保険だと思ってよ」

出発前、怪物が現れたときの万一の用心にと、地図を広げたハニーデュークは、細い路地のひとつを指差した。

「ここはいわゆる安全域。出ても大丈夫《だいじょうぶ》になったら、合図しよう」

胡散臭いのは毎度のことだが、藁《わら》にも縋る心境ならば、それを思い出すのは仕方ない。

(安全域って……)

何の変哲《へんてつ》もない路地に馬車を走らせたオースティンは、眉《まゆ》を顰《ひそ》める。

「戻るまで、ここから動くな!」

馬車がその路地に入るや否《いな》や、レオニールはしつこく追いすがる怪物《かいぶつ》たちを倒すため、馬車の屋根から跳《と》んだ。頼《たよ》りになる守り手に突然離《とつぜんはな》れられ、思わず振り返りかけたオースティンは、闇《やみ》の中を蠢《うごめ》く無数の小さな影《かげ》に気づいて、ぎょっとする。

「チチッ！」

どこからともなく現れたレミングの群れが、墓場の土の入った袋《ふくろ》を引き摺《ず》って馬車の周りを駆けた。レオニールは土を運ぶレミングの姿に気づいたから、怪物を倒す為《ため》に伯爵の乗る馬車から離れたのだ。必要になった時にだけ作られる安全域なら、なるほど無駄《むだ》もなければ、誰かにどうにかされることもない。

「旦那《だんな》様、しばらくご辛抱《しんぼう》ください……！」

即席《そくせき》に設けられた怪物避《よ》けの結界の中で、オースティンは路肩《ろかた》に寄せて馬車を停《と》めた。急いで馬車から降りたオースティンは、馬車に布を被《かぶ》せる。明かりのない真っ暗な路地の端《はし》、布を被せられた馬車は、周りと同化してほとんど見分けがつかない。見えたとしても、放置された大型の廃棄物《はいきぶつ》か何かのようだ。とても人がいるようには見えない。

「わたしも、ちょっと行ってきます！　この男はこのまま、お屋敷《やしき》に運んで手当てを！」

怪我《けが》をした男が荷台から落ちないよう、傷に応急処置をしながら器用に紐《ひも》で結《ゆ》わえたランディオールは、また別人に顔を変え、馬車を飛び降りると、どこかに走っていった。

(何か誤魔化《ごまか》しをしておかないと……!)

男が一人、行方《ゆくえ》知れずになっても不自然ではないような、何か――――!

都の巡回《じゅんかい》中、レオニールの発火弾による合図を目撃《もくげき》した小隊は、示された現場に急行した。途中《とちゅう》、原因不明の爆発《ばくはつ》事故が数件あり、怪我人が出て火災が発生した。この爆発により、違法《いほう》の賭博《とばく》場が見つかって摘発《てきはつ》を受け、大勢の逮捕《たいほ》者が出た。軍によって殲滅《せんめつ》された怪物の数は二体と少なかったが、騒々《そうぞう》しい夜だった。

軍隊がこちらに向かってくるのを視認《しにん》し、安全域に避難《ひなん》した伯爵の馬車に怪物たちが近づけないことを確認して、レオニールはさっきの場所に戻《もど》る。

霧の薄《うす》まった路地、解体途中のアパートのある場所には、血の痕《あと》が残っているだけだった。レオニールとセルバンティスに倒された怪物の遺体もなければ、セルバンティスの姿も見えない――――。

第八光　皆希月飾

合図したのは、レミングだった。鳴きながら肩に乗ってきて飛び跳《は》ねるレミングに、オースティンは屋敷に帰る頃合《ころあ》いだと判断した。

（二人もまだ戻って来る様子はないが……）

レオニールとランディオールなら、臨機応変にどうにでもなる。馬車がここになくても、争った跡がなければ、慌《あわ》てることはないだろう。

「旦那様、お屋敷に戻ります」

伯爵の身の安全と、怪我をしている男のことを考えたオースティンは、二人が戻るのを待たず、路上にチョークで『帰る』と記して、覆《おお》いを取って馬車を動かす。車内の伯爵は、短く承《しょう》諾《だく》の返事をしただけだった。

ランディオールが拉致《らち》した男は、伯爵邸《はくしゃくてい》に運ばれてすぐ、ハニーデュークによって緊急《きんきゅう》手術された。看護師を連れていないハニーデュークの為に、弟伯爵の主治医としてこちらの屋敷に滞在《たいざい》しているシュタインベック医師と看護師のセシリアが補助につく。

今夜外出した弟伯爵の目的は、多数の人に姿を見せて『ベルナルド伯爵』の存在証明を作ることだった。弟伯爵の所在がはっきりしていれば、もしも不測の事態で兄伯爵が誰かに見つかることがあっても、見間違《みまちが》いで押し通せる。ベルナルド伯爵がオペラ座にいたことを証言してくれる人間の社会的地位が高ければ高いほど、それは優先的に信用される。裏町を徘徊《はいかい》している者の証言など、簡単に握り潰《つぶ》せる。

祖父トールキンス侯爵《こうしゃく》がオペラ座で会ったストロハイム国王と喫茶室《きっさ》でお茶をしてから帰ることになったので、国王に挨拶《あいさつ》した弟伯爵はトールキンス侯爵と別れ、一足先に屋敷に帰ることにした。

(ジョシュア王子様がいらしてなくてよかった……)

兄ではないと見破られた経験のある弟伯爵は、ジョシュア王子と会うのが、兄伯爵が思っているのとは別の意味で苦手だった。

(王子様は怖《こわ》い……)

オースティンやマーゴットたちに零《こぼ》したところ、王子たる者の威厳《いげん》がそう見えるのだろうと言われた。ランディオールに言わせれば、弟伯爵には怖くない人間の方が少ない。禁忌《きんき》の双子《ふたご》の弟として、身の回りのことをしてくれる者以外と交わりを持たず、ひっそりと隠《かく》れて生活してきた弟伯爵は、急に兄の代わりとして、表の世界に引っ張り出されたのだ。人見知りで臆病《おくびょう》で、何をするにも不安ばかりなのは当然だと、ランディオールは笑うのだが、そればかりではない気がする。王子が悪い人だとか、そんなことは思わないのだが。

（いつか……王子様が怖くなる日が、来るのかな……）

尊敬する兄がそうであるように――。

侯爵家の執事《しつじ》であるタウンゼントが馭者《ぎょしゃ》をする馬車に揺《ゆ》られて屋敷に戻りながら、弟伯爵《はくしゃく》は消防車の鐘《かね》の音が聞こえることに気づく。

（火事？　一箇所《かしょ》じゃ、ない……、よね）

音はお屋敷町に近づくにつれて遠くなったので、貴族の屋敷で火災があったというのではないらしい。何やら騒然《そうぜん》としていたのは、裏町の方だろうか。

（まさか、兄上の身に何かあったのでは……）

どきどきとしながら、屋敷に到着《とうちゃく》した弟伯爵は、車寄せに停《と》めた馬車の扉《とびら》をタウンゼントに開いてもらい、馬車を降りる。

「お、お帰りなさいませ、伯爵様……！」

がちがちに緊張《きんちょう》しながら弟伯爵を出迎《でむか》えたミリアムは、お辞儀《じぎ》しようとして、そのまま前に向かって倒れた。額と鼻を打ちつけながら急いで起き上がったミリアムの、見慣れた恰好《かっこう》に弟伯爵はほっとする。

「ただいま」

（いつも通りだ――）

誠実で不器用なミリアムには、嘘《うそ》がつけない。

ミリアムの開いた扉から建物の中に入る弟伯爵を、深々とお辞儀してタウンゼントは見送り、オペラ座の喫茶室で寛《くつろ》いでいるトールキンス侯爵を迎《むか》えに行く為に、馬車を動かした。

「兄上はもう戻られた？」

「は、はい、先ほど……。居間にいらっしゃいます……！」

ミリアムの返事に、弟伯爵は兄の身に何もなかったことがわかって、ほっとする。

「そう。ありがとう」

「ただいま戻りました、兄上」

「——あぁ、お帰り」

居間に入った弟伯爵は、緊迫感漂《きんぱくかんただよ》う様子で椅子《いす》にかけている兄伯爵の様子に驚《おどろ》いた。言葉少なに弟を迎えた兄伯爵は難しい顔をしていて、どことなく機嫌《きげん》が悪そうだ。

「——どうだった？　ルディ。

優《やさ》しい笑《え》みを浮《う》かべながら、そう尋《たず》ねてくれるかと思っていた。それなのに、兄伯爵はこちらを見てもくれない。

(兄上の胸に挿《さ》したバラの花……、萎《しお》れてる……)

外出着と同じく、上着の胸元《むなもと》に飾《かざ》った生花のバラの花も、同じように支度《したく》してもらった。弟伯爵の花は、まだしゃんとしているのだから、本来は兄伯爵の花もしゃんとしていなければならない。枯《か》れてはいないが、兄伯爵の胸のバラは、本人の気持ちを映すかのように、元気なく萎れている。

(何があったんだろう……？)

「──ランディ……！」

話を聞くならば、彼が一番いい。居間の入り口で足を止めた弟伯爵は開いたままの扉から、廊下《ろうか》に振《ふ》り向いて執事を呼ぶが、返事はない。

「ルディ様、ランディさんは、まだ戻られておりません」

手洗い用の水を居間に運んできたマーゴットが、水差しと洗面器、そしてふかふかのタオルを台に置いて、静かな声で弟伯爵に教えた。

「え……？」

不安そうに瞳《ひとみ》を揺らしながら居間に入る弟伯爵に、手を洗うよう促《うなが》しながら、マーゴットは優しく微笑《ほほえ》む。

「することがあると言って、ランディさんは自分から別行動をとられたようです。オーサはベル様の身を案じられて、先に馬車をお屋敷《やしき》に戻しました。ランディさんのことですから、ルディ様が心配されるようなことは何もありませんよ。そうでしょう？」

「はい」

弟伯爵は肩《かた》の力を抜《ぬ》いて息を吐き、手を洗った。

「(兄上の方の首尾《しゅび》は、いかがなものだったのですか？)」

兄に声をかけるのを躊躇《ためら》った弟伯爵は、小声でマーゴットに尋ねる。

「怪物《かいぶつ》が出て、予定通りにはいかなかったようです」

「怪物が……！」

「ええ。でも、レオン隊長がすぐに駆《か》けつけてくださったので、大事には至りませんでしたよ」

危惧《きぐ》していた事態にはなったが、兄伯爵はどこも怪我《けが》をしていないようで、弟伯爵はほっとする。

「ランディさんが、例の関係者らしい男を一人連れ出したのですけれど、その人が撃《う》たれて……。今、ハニーデューク先生とシュタインベック先生とで手術中です」

「……そうですか」

兄伯爵の機嫌の優《すぐ》れない理由に、弟伯爵は納得《なっとく》した。納得して――――。

(あれ？)

眉間《みけん》に縦皺《たてじわ》を刻んでいる、こんな様子の兄を放っておくはずのない青年の姿が見えないことに、手を拭《ふ》いたタオルをマーゴットに渡《わた》しながら、弟伯爵は首を傾《かし》げる。

(セルバンは何処《どこ》で何をしているんだろう？)

手術室の扉を開いたセシリアが、ベルを鳴らした。

居間にいた伯爵たちは、はっとして音のしたほうに顔を向ける。

「――終わったな」

椅子から腰《こし》を上げ、居間を出て行く兄に、慌てて弟伯爵も続く。

「僕も行きます……！」

手術は、それほど長い時間はかからなかった。短時間で手術が終わるときは、手間のかからぬものだったか、手の施《ほどこ》しようがなかったかのどちらかだ。硬《かた》い表情の伯爵に、手を洗って手術室から出てきたハニーデュークは、タオルで手を拭きながらにっこりと微笑んだ。

「よかったね。腹に穴が開いて、出血はそれなりにあったけれど、うまい具合に急所は外れていたし、臓器の損傷もなかった。ランディくんの応急処置が完璧《かんぺき》だったのが、また最高だったね。ちょちょいと縫合《ほうごう》して、ちょっと大量に痛み止めの薬を使って、ちょっと焼いて外側の傷口を塞《ふさ》いでおいたから、あとはそうだね、適当に外に捨ててきちゃっていいよ」

ハニーデュークの主観なので、『ちょっと』がどのくらいなのかは、甚《はなは》だ怪《あや》しい。

（廃人《はいじん》にならなきゃいいけど……）

弟伯爵はそう考えてしまって怖くなり、青い顔で口を噤《つぐ》んだ。

洗った手を拭くのももどかしい様子で手術室からでてきたシュタインベック医師は、興奮して少年のように頰《ほお》を赤く上気させて、伯爵たちに報告する。

「手術は大成功です！　あの男を見て、手術直後だなどと思うものは誰《だれ》もいないでしょう！　ハニーデューク先生！　あなたは天才だ！　あなたほど見事な手術をする医者を、わたしはこれまでに見たことがありません！」

絶賛するシュタインベック医師に、ハニーデュークは苦笑《くしょう》する。

「うん。そうなんだよね。天才だから、ボク。そういうの聞き飽《あ》きてるんだ、悪いねぇ」

まだ何やら褒《ほ》めちぎろうとするシュタインベック医師に、手を拭き終わったタオルを渡して黙《だま》らせて、ハニーデュークは伯爵を流し見る。

「さて、どういたしましょうか？　可愛《かわい》い伯爵サマ。ご希望とあらば、すぐにでも目を覚まさせるけれど？」

男を連れ帰ったのは、何も命を救う為《ため》だけではない。

「支障がないなら、頼《たの》む」

躊躇せず応じた伯爵に、にいとハニーデュークは笑い、恭《うやうや》しくお辞儀する。

「仰《おお》せのままに。伯爵サマ」

伯爵たちが向かった居間に男を連れて行けるよう、ハニーデュークが指示している間に、ランディオールが屋敷に戻《もど》ってきた。

「ランディ！」

ぱあっと顔を輝《かがや》かせて子犬のように駆け寄る弟伯爵に、にこりと微笑んで、兄伯爵の前に進み出たランディオールは、一礼する。

「遅《おそ》くなりました。工作して町のあちらこちらを騒《さわ》がしてきましたので、こちらに連れ帰りました男のことは、誰も気にしないだろうと思います」

「世話をかけたな」

少し疲《つか》れたような様子で、無理して笑みを浮かべた伯爵《はくしゃく》は、ランディオールの後ろに視線を向けるが、そこには誰もいない。ランディオールは居間の中を見るが、ここにいるのは伯爵たち兄弟だけだ。

「レオン隊長は――――？」

「まだだ……！」

「そうですか……」

ランディオールは視線を落として軽く唇《くちびる》を噛《か》む。

「――――ランディ……！」

思いつめたような兄伯爵の言葉は、ノックの音に遮《さえぎ》られた。

「お待たせー、伯爵サマ！」

意識のない男を座らせた車椅子《くるまいす》を看護師のセシリアに押させ、ハニーデュークが居間に入る。賑《にぎ》やかに入ってきたハニーデュークの連れた男の姿に、治療《ちりょう》が終わったことを知り、ランディオールはほっとした。ハニーデュークに伯爵の前を空けるよう退いて、弟伯爵の横に控《ひか》える。話に聞いてはいたが、実際に伯爵が魔眼《まがん》を使うところを初めて見るシュタインベック医師は、興味津々《きょうみしんしん》という顔でハニーデュークに続いた。お茶のワゴンを運んだマーゴットとミリアムに続き、最後に居間に入ったオースティンが、伯爵に尋ねる。

「何かお支度《したく》することはございますか？」

「――そうだな、明かりを消してくれ」

「かしこまりました」

オースティンは室内に置かれているランプに歩み寄り、明かりを消す。カーテンを引かれていない室内は、窓から射《さ》しこむ月明かりの為に、完全な暗闇《くらやみ》にはならない。温かみのあるランプの炎《ほのお》の光から、青白い月の光に満たされた室内に、すうっと気温が下がったような錯覚《さっかく》に襲《おそ》われた弟伯爵たちは、思わず腕《うで》を摩《さす》る。


「目覚めを」

掃《は》き出し窓《まど》に向かいながら、伯爵は静かな声でハニーデュークに命じた。

ハニーデュークは車椅子を押すセシリアに、男が伯爵と対峙《たいじ》するように向きを変えさせ、上着のポケットから取り出した、棒状のものを男の首筋に押し当てる。

びくんと、跳《は》ねるような反応を見せた男は、ゆっくりと目を開く。

大きな掃き出し窓を背にして立った伯爵が、振《ふ》り返る。降り注ぐ月の光を浴びた金の髪《かみ》から、眩《まばゆ》い光が散る。

それは、夜を統《す》べる者の姿。月の加護を受け、闇《やみ》に君臨する、絶対の支配者。昼間、温かな日の光の下、愛らしさで周囲を和《なご》ませていた容姿は、妖しく冷たい月の光に輪郭《りんかく》を輝かせ、存在すら夢幻《ゆめまぼろし》であるかのように儚《はかな》く美麗《びれい》だ。

振り向いた伯爵の瞳は、月の血潮を固めた宝玉のような、光を放つ真紅《しんく》――。

「伯爵、ベルナルドの名において命じる。我に従い、偽《いつわ》りなく仕えよ！」

ハニーデュークの手で強制的に覚醒《かくせい》させられた男は、魂《たましい》を惹《ひ》き寄せる真紅に目を奪《うば》われ、息を呑《の》んだ。意識と無関係に、口が動く。

「……何なりと、仰せのままに――」

手術したばかりの腹のせいで、力の入らない声だったが、男ははっきりとそう答えていた。

今もし目の前に底知れぬ深い谷や、轟々《ごうごう》と燃え盛る真っ赤な炎があっても、伯爵がひとつ言葉をかけたなら、男は嬉々《きき》として、そこに飛びこんだことだろう。命よりも何よりも優先されるのが、この金の髪の少年伯爵の一言だ。そして今、何人もの人間が集《つど》うこの場で、かの美麗な少年伯爵が言葉をかけるのは、この男一人。紅《くれない》の宝玉の瞳《ひとみ》で見つめられ、伯爵に命じられることに、男は至福と優越《ゆうえつ》を感じる。

「我が命を狙《ねら》う者の名を告げよ」

透《す》き通った声の厳《おごそ》かな命令に、歓喜《かんき》に震《ふる》えながらも、男は悲痛に顔を歪《ゆが》めた。

「……わかりません。知りません――」

伯爵の魔眼の虜《とりこ》となっている男に、嘘《うそ》はつけない。

悩《なや》ましげに溜《た》め息を吐《つ》いた伯爵の背後、月光を遮り大きな影《かげ》がさす。

ばんと大きな音を立てて掃き出し窓が開き、突然《とつぜん》吹《ふ》きこんだ強風に、カーテンが大きく揺《ゆ》れた。窓際《まどぎわ》に毅然《きぜん》と立っていた伯爵を、背後から拘束《こうそく》したのは、黒衣の男――。

「何の真似《まね》だ？」

金の髪を風に揺らし、冷ややかに問いかける伯爵を腕の中に収め、レオニールは自嘲《じちょう》するように片頬で笑う。

「魔眼を使っていることは、理解している」

伯爵が見つめ、命じるのは、あの男から情報収集したいが為だ。

「ならば……！」

「理解はしても、癪《しゃく》には障《さわ》る」

面白《おもしろ》くなかったと、ぬけぬけと言い放つレオニールに、伯爵は眉《まゆ》を吊《つ》り上げる。

「（貴様は、このわたしを見世物にするつもりか！）」

居間にいる者全員に注視されているこの状態は、あまりにいたたまれない――！

遠慮《えんりょ》がちにノックして、オースティンに居間の扉《とびら》を開いてもらったフェルナンドは、月光を背に浴びながら、金の髪の美麗なる少年伯爵を両腕《りょううで》で拘束しているレオニールの姿を、否応《いやおう》なしに目撃《もくげき》する。

大きく開け放った掃き出し窓のところで、レオニールが背後からベルナルド伯爵のほっそりした身体《からだ》を、ただ抱《だ》きしめているだけ、なのだが――。月光に彩《いろど》られるその姿は、ひどく官能的だ。二人の表情は陰《かげ》となって見えず、何を囁《ささや》き交《か》わしているものかもわからないのに、艶めかしい。他《ほか》の誰《だれ》の介入《かいにゅう》も許されない、完璧《かんぺき》なる対《つい》。美麗にして高貴なる少年伯爵様に自由に触《ふ》れ、その瞳《ひ》に映ることを許されているのは、誰よりも力に満ちた、この男だけ。二人にとって、逢瀬《おうせ》は秘め事、接触《せっしょく》は禁忌《きんき》。直視するのは憚《はばか》られるとわかっているのに、妖《あや》しさに魅了《みりょう》されて、目が離《はな》せない――。

（レオン！）

頬《ほお》を引きつらせながら、フェルナンドは眼差《まなざ》しで意見する。

（時と場所をわきまえろ！）

仮面の男に監視《かんし》され、レオニールは簡単に夜出歩けなくなっていたので、これまでのようにベルナルド伯爵に自由に会いに行けず、不満が鬱積《うっせき》していただろう。伯爵に触れるのは久しぶりだとはわかるが、屋敷《やしき》の者たちの目の前で、その恰好はあまりにも刺激《しげき》が強い……！

入室したフェルナンドに、『後で小言』の視線で睨《にら》まれ、レオニールはひっそりと苦笑《くしょう》する。

(羽目を外しすぎたな)

心地《ここち》よく熱を奪う華奢《きゃしゃ》な身体を、もう少し抱きしめていたい気もしたが、ここらが潮時だ。伯爵を捕《と》らえていた腕の枷《かせ》を解いたレオニールは、重さを感じさせない動きで、音もなく移動した。

風に揺れる金の髪に月の光を浴び、やわらかく全身の輪郭を輝《かがや》かせながら、伯爵は腕を伸《の》ばして掃き出し窓を閉めた。呪縛《じゅばく》から解放された者たちは、知らず肩《かた》に入《ぬ》っていた力を抜き、息を吐く。壁際《かべぎわ》に立っていたミリアムは、至福の表情のまま、前のめりにばたりと倒《たお》れた。

(まったく、馬鹿《ばか》者が……！)

心の中でひとしきり、不埒《ふらち》なレオニールを罵《ば》倒《とう》した伯爵は、気を取り直して車椅子に座る男を魔眼の真紅の瞳でまっすぐに見据《みす》える。とんだ邪魔《じゃま》が入ったが、続きを――。

「お前たちに命令する者の名を告げよ」

「――赤毛の、ノーマン……」

(偽名《ぎめい》かよ……!)

ランディオールは眉を顰《ひそ》める。『誰でもない《ノーマン》』などとは、ふざけた名前だ。

結局、男から聞き出せたのは、彼らが三十人ほどの集団で、裏町で適当な人間を拉致《らち》すること、不定期に誰かをどこかに送っていくという役目についているということだけだった。ニトファーナで伯爵《はくしゃく》を狙撃《そげき》した『ザッキス』は、割りのいい仕事を紹介《しょうかい》すると嘘をついて近づき、どこかとの仲介《ちゅうかい》となっている『赤毛のノーマン』に引き渡《わた》し、その後にニトファーナの修道院まで連れて行った。『赤毛のノーマン』についての詳《くわ》しいことは知らない。とにかく、言われた通りにしていると、高額の報酬《ほうしゅう》をもらえるのだ。たいした労力でもなく、大金が稼《かせ》げるのだから、怪《あや》しかろうと胡散臭《うさんくさ》かろうと、誰も文句は言わない。

「――情報を漏《も》らしたり、裏切る者がいると、赤毛のノーマンに殺される……!」

魔眼の虜となりながらも、怯《おび》えの色を見せる男に、伯爵は眉を顰めて命じる。

どんな事実があろうとも、露見《ろけん》しなければいいだけだ。命じた伯爵に、ハニーデュークはくすくすと笑う。

「絶対に悟《さと》られるな」

「心迷うようなことがあれば、懺悔《ざんげ》に行けばいい」

世の中にいる行いの悪い者すべてが、不信心だということはない。信仰《しんこう》と行いとは、必ずしも一致《いっち》しない。教会なら、この男が足を運んでも不自然ではない。

伯爵は思案する。

（神父を取りこむか……）

この都に拠点《きょてん》を置くことを、きちんと考えなくてはならない。

「具合のいい教会を知ってるよ。まぁ、ちょっとばかりボロだけど、この人が行くにはちょうどいいだろう。寄付金を包んで伝言を頼《たの》めば、喜んで引き受けてくれる。この前、伯爵サマが寄付された、あの教会だよ」

金は裏切らない。断言するハニーデュークに、伯爵はひとまずその提案を受け入れることにした。

「わたしに伝えることがあるときは、中央裁判所の東にある教会の神父に話すのだ」

「はい――――」

男は真紅の瞳の伯爵を見つめ、頷《うなず》く。

「ここを出たお前は、ここで見たこと聞いたことをすべて忘れる。だが、わたしの命じたことは、無意識に実行する。誰にも見られてはいけない。知られてはいけない」

「はい――――」

「立て」

伯爵に命じられ、男はぎこちない様子で車椅子《くるまいす》から腰《こし》を上げる。手術の際に受けた局所麻酔《ますい》が切れれば、ひどく痛むに違《ちが》いないが、ハニーデュークに手術を受けた男は、自力で歩けるまでになっていた。

「レオニール」

名を呼ばれ、レオニールは悠然《ゆうぜん》と伯爵の前に進み出る。背の高さの違いから、見上げることになる伯爵は、目の前に来たレオニールを菫色《すみれいろ》の瞳《ひとみ》で睨みつける。

レオニールは、にやりと笑って、伯爵の前に片膝《かたひざ》をついて腰を落とす。

「あの男を外に」

「我が主の意のままに」

恭《うやうや》しく頭《こうべ》を垂れたレオニールは、次の瞬間《しゅんかん》、黒い旋風《つむじかぜ》のような勢いで男を攫《さら》い、掃《は》き出し窓《まど》から出て行った。何が起こったのか、はっきりと視認《しにん》できたのは、人外の身である伯爵だけだ。

部屋を襲《おそ》った強風が去るのを待って、オースティンは掃き出し窓を閉め、マーゴットがランプに火を灯《とも》した。

第九光　儚き爵位の魔王

窓辺から離《はな》れた伯爵《はくしゃく》は、一人掛《が》けソファーに腰《こし》を下ろす。

「やあ、お疲《つか》れ様」

乾杯《かんぱい》とグラスを掲《かか》げ、ハニーデュークはワインで一人勝手に喉《のど》を潤《うるお》す。看護師のセシリアは、用済みになった車椅子《くるまいす》を医務室に戻《もど》し、手術室の後片付けをする為《ため》に退出した。伯爵が魔眼《まがん》を用いる姿を見せてもらったシュタインベック医師は、大きく息を吐いて深々とソファーに腰《こし》掛ける。

（夢を見ているようだった……）

シュタインベック医師は、柔《やわ》らかなランプの光が溢《あふ》れ、温度が上がったように感じる明るい室内で、ほうと息を吐く。ベルナルド伯爵が生まれる前、伯爵夫人が懐妊《かいにん》された時より、生まれ来る若君の主治医として、シュタインベック医師は伯爵家に仕えていた。ベルナルド伯爵に関しては、誰《だれ》より長い診療《しんりょう》記録を持ち、病歴も軽い切り傷も打ち身も、何もかも知っている。知っているが、それはベルナルド伯爵が死に瀕《ひん》し、貴族の血に眠《ねむ》る呪《のろ》われた因子を目覚めさせたところまでだ。

（姿形は何も変わらない。変わっていない、はず、なのに……）

子供の線を残す柔らかな頬《ほお》をした、庇護《ひご》欲を刺激《しげき》する、愛らしい容姿の少年が、夜の自然光の中に身を置くだけで、妖艶《ようえん》にして近寄り難《がた》い夜の支配者に鮮《あざ》やかに変貌《へんぼう》した。堂々とした貴き者の風格は、人々を畏怖《いふ》させひれ伏《ふ》させ、奉仕《ほうし》の対象となる、絶対性を帯びた。夜空の月が、他《ほか》の星々とはまったく格が違《ちが》うように、吸血鬼《きゅうけつき》となった伯爵は、他の人間とは違う。レオニールという対《つい》を得て、不足する血を補われ、血色もよくなり、他者の生命力を奪《うば》うという危険な状態を脱《だつ》してからは、それまでと変わらないように見えて、ともすると忘れてしまっていた。ベルナルド伯爵が吸血鬼化してから、同じ顔をした双子《ふたご》の弟伯爵の主治医となったので、この弟伯爵を診察することで、二人ともを診察しているような錯覚《さっかく》を起こしていたせいかもしれない。

（それでも……感じる危《あや》うさは何なのだろう……）

命じる者であり、支配者であるはずなのに。

気絶しているミリアムをそのままにして、お茶をいれているマーゴットと、伯爵兄弟二人分のお茶を支度《したく》するランディオールの姿に、弟伯爵は首を傾《かし》げる。

「ねぇ、セルバンは？」

何か別の仕事の為に、席を外しているのだろうか。

無邪気《むじゃき》に問いかけた弟伯爵の声に、顔を俯《うつむ》けて座っていた兄伯爵はびくりと肩《かた》を揺《ゆ》らす。最後に入室したフェルナンドは、静かに兄伯爵の前に進み出た。

「レオンが怪物《かいぶつ》が出たと発火弾で知らせましたので、わたしの配属されていた隊他、都を巡回《じゅんかい》中の小隊が、急行いたしました。現場に向かう途中《とちゅう》、爆発《ばくはつ》事故や火災を発見し、詰《つ》め所に応援《おうえん》を要請《ようせい》した隊もあります」

騒動《そうどう》を引き起こした張本人であるランディオールは、そ知らぬ顔をして、兄伯爵と弟伯爵の前に、それぞれの好みに合わせたお茶のカップを置く。

「怪物の殲滅《せんめつ》の為、戦います隊とは別に、火災現場となった違法賭博《いほうとばく》場の関係者を検挙したり、多数の怪我《けが》人を保護して病院に送ったり、今晩は大変雑多な作業に追われる夜となりました。自分は火災現場で、避難《ひなん》する人々の誘導《ゆうどう》等を行っており、その途中にレオンと会いました。レオンは病院に運ばれた怪我人に、セルバンティスさんがいないか気にしていました」

フェルナンドの報告を聞き、弟伯爵はどうしてここにセルバンティスがいないのかを察した。

(セルバンは……)

おそらく、怪物に襲《おそ》われた兄伯爵を守ろうと戦って負傷し……、はぐれたのだ。でなければ、己《おのれ》の身体《からだ》の一部を機械化してまで兄伯爵に仕えようとした青年が、ここにいないなんてありえない。状況《じょうきょう》が許さず、兄伯爵は負傷したセルバンティスを置き去りにして戻った——。

一番聞きたいことを後回しにしたフェルナンドに、兄伯爵は視線を落とし唇《くちびる》を噛《か》む。

——そんな風にきつく噛むと、唇が切れてしまいますよ、坊《ぼっ》ちゃま

間近で、そっと労《いた》わってくれる青年は、いない。

「一度こちらに寄って確認《かくにん》して、レオンはもう一度、セルバンティスさんを捜《さが》しに行くと言っていました。伯爵様は、どうぞお屋敷《やしき》を出られませんように」

フェルナンドはそう言って、手に提《さ》げてきた布包みをテーブルの上に置く。

「レオンといっしょに、自分が回収してまいりました。物影《ものかげ》にあった小さな物も、残らずすべて……」

フェルナンドが開いて見せた包みの中にあったのは、ばらばらになったセルバンティスの義手だ。金属の破片《はへん》に交じって、セルバンティスが着ていた執事《しつじ》コートのカフスボタンらしき物も見える。

「レオンやセルバンティスさんが倒《たお》したと思われる怪物の亡骸《なきがら》は、残念ながら回収できませんでした」

怪物の亡骸は、溶《と》けて消えてしまうようなものではない。自力で立って歩けない、亡骸が忽《こつ》然《ぜん》と消えるわけがない。だとすれば――、誰《だれ》かが怪物の亡骸を回収した、のか。

「爆発や火事の騒《さわ》ぎのあった場所から、この義手を回収した場所が少し離《はな》れていたので、自分たちより先にそこに向かった何者かが怪物の亡骸を持ち去ったとしても、おそらくわからなかったのではないかと思います」

騒ぎになっている通りをうまく外して移動することは、不可能ではない。だが、セルバンティスが戻らないのは、誰かに回収されたのだろう怪物の亡骸を、彼の自由意志で追ったのか、それとも不可抗力《ふかこうりょく》で誰かに連れ去られたのか。それとも、たまたま通りかかって、親切でセルバンティスを助けた者がいたのか――――。

「どこに行っちゃったんだろうねぇ」

　ワイングラス片手にソファーから立ち上がったハニーデュークは、フェルナンドが広げた包みの中身を、しげしげと見つめる。ばらばらになった義手を検分するように手を伸《の》ばすハニーデュークを、伯爵は上目遣《うわめづか》いに見る。

「――貴様の特別誂《あつら》えの義手は、ずいぶん脆《もろ》いのだな」

　冷ややかな声で告げられた辛辣《しんらつ》な言葉に、ハニーデュークは肩を竦《すく》める。

「強度と性能を十分に考慮《こうりょ》して、セルバンくんの望んだ『伯爵サマの為に戦える腕《うで》』を作ったつもりだったんだけどな。残念。また注文があれば、新しい物を作ってあげるよ。そうだな、この前よりもいい値段になるだろうな」

「いくらだ？」

　セルバンティスに不自由な思いをさせるわけにはいかない。尋《たず》ねた伯爵に、くすっとハニーデュークは笑う。

「セルバンくんの義手だよ。義手の代金は、セルバンくんから貰《もら》うよ」

　セルバンティスは伯爵家の使用人だが、ハニーデュークが医者として客から受け取る謝礼は、そんな、貴族家の使用人ごときに支払《しはら》えるようなものではない。事後承諾《しょうだく》になるし、本人は一生気づかないかもしれないが、さっきハニーデュークに手術された男は、腎臓《じんぞう》を片方切除されている。ランディオールに拉致《らち》されたせいで男は狙撃《そげき》されたのだが、命と引き換《か》えだと思えば、腎臓ひとつは安い物かもしれない。

右腕《みぎうで》を失ったセルバンティスは、怪物を倒す刃《やいば》を仕込んだ義手を手に入れる為に、左の眼球と声帯をハニーデュークに渡《わた》し、失った部位を機械化することで補うことになった。

「――――貴様はまだセルバンティスから何かを奪うつもりか……！」

睨《にら》み付ける伯爵《はくしゃく》に、ハニーデュークは笑う。

「うん。僕の作る義手は高いんだ。それでもいいって人だけがお客様さ」

ハニーデュークが頼《たの》んで、義手をつけてもらっているわけではない。客の足元を見ることを憚《はばか》らない不良医者だが、その技術や医師としての能力の高さは、他《ほか》に類を見ない。王立医学院を首席卒業したシュタインベック医師が、手放しで絶賛したことからも、専門家の目で見てもいかに優秀《ゆうしゅう》かが窺《うかが》い知れる。天才との自称《じしょう》は、決してハニーデュークが自信過剰《かじょう》だからではなく、それだけの実力があるからだ。シュタインベック医師は、悔《くや》しいかな、義手はまったく専門外であり、ハニーデュークに匹敵《ひってき》する技術が己《おのれ》にないことをわかっているので、口を挟《はさ》めない。自分に何か言われても困るので、シュタインベック医師はそっとソファーから腰を上げ、話に巻き込まれないうちにと居間を出た。

「セルバンはわたしの従者だ！　主たる者が、己の従者の持ち物の対価を支払って、どこが悪い!?」

「僕の義手は一生モノだよ？」

「セルバンティスは一生わたしとともにいる！　わたしに仕える為《ため》の腕だ！」

伯爵がそれを望むなら、セルバンティスはきっと一生、他の用事の為にその義手を使わないだろう。セルバンティスは、伯爵との約束を絶対に違《たが》えない。伯爵とセルバンティスの間には、他の誰《だれ》も介入《かいにゅう》できない、目に見えない強い絆《きずな》がある。

「ハニーデューク先生、坊ちゃまを苛《いじ》めないでくださいませ？」

にっこりと微笑《ほほえ》むマーゴットの視線は、ハニーデュークが大事に握《にぎ》っているワインのボトルに注がれていた。ベルナルド伯爵にかかわって以来、ハニーデュークが毎日美味《おい》しくいただいているのは、トールキンス侯爵《こうしゃく》家の酒蔵にあった、王室御用達《ごようたし》の高級酒である。伯爵はまだ未成年であり、料理で使われる以外の大量の酒の消費は不自然だ。大人であるトールキンス侯爵なら、毎日一本くらい酒の消費が増えても、まったく不自然ではない。可愛《かわい》い孫に協力してくれる医者だからと、ハニーデュークはトールキンス侯爵の優遇《ゆうぐう》を受けている。

（これは……、ちょっとボク、困っちゃうかも？）

上等の酒ばかりを味わって、すっかり舌の肥えてしまったハニーデュークである。弱みに付け入る悪徳医師と噂《うわさ》され、いくら暴利な医療行為《いりょうこうい》を行っていても、トールキンス侯爵からいただくような、貴重な酒はなかなか入手できない。

「ん、ぅん！」

気絶して部屋の隅《すみ》の長椅子《ながいす》に寝《ね》かしたミリアムの額の濡《ぬ》れ布巾《ぶきん》を交換《こうかん》してやりながら、オースティンが咳払《せきばら》いする。神業《かみわざ》のような技術力を誇《ほこ》る手術を行うくせに、ハニーデュークは血が苦手だ。オースティンはそのことを知っている。

一歩も譲《ゆず》る様子のない伯爵と、侯爵に告げ口する気まんまんのマーゴット、嫌《いや》がらせの為なら多少の流血は厭《いと》わないオースティンに、ハニーデュークは肩《かた》を竦めて苦笑《くしょう》する。

「承知いたしました、伯爵サマ」

はらはらしながら、兄伯爵とハニーデュークのやり取りを見つめていた弟伯爵は、よかったと気が緩《ゆる》み、ついでに涙腺《るいせん》も緩む。

降参するハニーデュークに、畏《おそ》れながらとランディオールは近づく。

「壊《こわ》れたこの腕は、わたしが復元しておきます。『一生モノの腕』ですよね。次も同じように壊れては困ります」

ばらばらになった物を組み上げて確認《かくにん》すれば、強化すべき改良点が明らかになる。簡単に壊れるような物を一生モノなどと豪語《ごうご》してほしくない。

揚《あ》げ足を取られたハニーデュークは、分が悪いと見て退散を決める。

「何かわかったら、教えてもらうよ。あーあ。予定になかった急ぎの手術をしたから、疲《つか》れちゃったなー」

よく働いたと大声で宣言して、ハニーデュークは居間を出て行った。

ハニーデュークを見送り、フェルナンドは義手のせいで中断してしまった話を続ける。

「セルバンティスさんのことは、引き続き自分のほうでも情報を集めて、何かわかり次第《しだい》、ご報告いたします」

情報収集のうまいフェルナンドなら、セルバンティスが何か薬を買ったり、病院で治療《ちりょう》を受けたり入院したりすれば、すぐにその情報を得ることができる。長袖《ながそで》の上着で隠《かく》しても、右腕のない青年が何かしていれば、それなりに目立つだろう。

「――世話をかける」

フェルナンドは伯爵に向かって頭を下げる。

「こちらこそ、いろいろご迷惑《めいわく》をおかけして、申し訳ありません」

(本当に、あいつは……！)

この居間に入ってすぐ、レオニールが伯爵を抱《だ》きしめているのを見た時は、真剣《しんけん》に、穴があったら入りたいほど恥《は》ずかしかった。いくら対《つい》とはいえ、ベルナルド伯爵のように本当に高貴で立派な人物に対して、無礼千万だ。

(ジョシュア王子にでも見つかっていたら、絶対、無礼討《う》ちだぞ……！)

王子のお気に入りの可愛い伯爵様を、ぎゅーっと抱きしめるなんて、王子でもやっていないことをするとは、何たる破廉恥《はれんち》。

(ジョシュア王子とベルナルド伯爵……)

ビジュアル的にとても絵になるものを、一瞬脳裏《いっしゅんのうり》に思い描《えが》きそうになったフェルナンドは、慌《あわ》ててその妄想《もうそう》を頭から追い払《はら》った。

「それでは、何かありましたら、いつでもご連絡《れんらく》ください」

軍服の上着の内側の隠しから、フェルナンドは金属メッシュでできた掌《てのひら》ほどの大きさの箱を取り出し、伯爵の前のテーブルに置く。メッシュの箱の中では、フェルナンドと直接連絡に使える小鳥が四羽ほど眠《ねむ》っていた。

「ありがとう」

小鳥たちを起こさないよう、伯爵はその箱の上に、そっとポケットチーフを被《かぶ》せた。

「またレオンがお邪魔《じゃま》するかもしれませんが、どうぞ、お構いなく」

フェルナンドは伯爵と弟伯爵に礼をして、伯爵邸《はくしゃくてい》を後にした。

テーブルの上に置かれた、原形を留《とど》めない義手を見つめ、伯爵は溜《た》め息を吐《つ》き、弟伯爵に詫《わ》びる。

「すまない……。勝手に、セルバンの義手の対価を支払うと言った……」

(家督《かとく》は弟のルディに譲ったというのに――)

記録としては、生まれなかった双子《ふたご》。吸血鬼化《きゅうけつき》して表舞台《おもてぶたい》から退いた兄伯爵には、何ひとつ自由になる物などない。自分のことを『ベルナルド伯爵』と名乗るのは、通り名としてだ。同じ名前をつけられ、まったく同じ容姿なので、そう名乗ったほうが自然だ。厳密な意味で、双子の兄には爵位《しゃくい》などない。

詫びられて、ミルクの入ったお茶で喉《のど》を潤《うるお》した弟伯爵は驚《おどろ》く。

「兄上は間違《まちが》ってはいません！　セルバンは『ベルナルド伯爵家』の者ではありませんか。我が家に仕えている者が、不自由なく仕事ができるよう整えてやるのは、当然のことです！」

「ありがとう」

気弱なところのある弟伯爵に、きっぱりと断言されて、伯爵は微笑む。微笑む伯爵がひどく儚《はかな》くて、今にも消えてしまいそうに見えて、弟伯爵は胸が苦しくなる。

（セルバンがいないからだ……）

一言も漏《も》らさないけれど、兄伯爵はセルバンティスのことをとても心配している。

「……兄上、僕もいっしょにまいります。これから、セルバンを捜《さが》しに行くのでしょう？　一人より二人です。きっと見つかりますよ」

優《やさ》しい心そのままの笑《え》みを浮《う》かべる弟伯爵を見つめ、伯爵は静かに言う。

「いや、ルディ、気持ちはありがたいが、お前は休まねばいけない。もう、夜も遅《おそ》い。しっかり睡眠《すいみん》をとっておかなければ、明日の公務に差し支《つか》える」

「ですが……」

「言うことを聞くのだ、『ベルナルド伯爵』……！」

領主たる貴族の名に、弟伯爵は息を呑《の》む。

（そうだ、僕は――）

自由に、好き勝手に何かできる身分ではないのだ。領主を引き継《つ》いだ弟伯爵は、都に遊びに来ているわけではない。

「――わかりました、兄上。お役に立てなくて、すみません……」

ゆっくりと俯《うつむ》いた弟伯爵に、兄伯爵は静かに首を横に振《ふ》る。

「お前は、何も悪くない。わたしも、今日はもう、休むから……」

「兄上……！」

顔を上げた弟伯爵《はくしゃく》の、子犬を思わせる、きゅんと飛びつきたそうな眼差《まなざ》しに、兄伯爵は胸に挿《さ》したバラの花を静かに取る。

「おやすみ、ルディ」

伯爵の手にあるバラの花は、ほろほろと花びらを零《こぼ》した。血の直接摂取《せっしゅ》ほどではないが、レオニールに抱きしめられて熱をもらったばかりの伯爵だが、吸血鬼としてのコンディションに精神状態も影響《えいきょう》するのか、ややマイナスの側に傾《かたむ》いていた。兄伯爵の意思と関係なく、他者の生命力を奪《うば》い取ってしまう状態のようなので、接触《せっしょく》はしないほうがいい。

「……おやすみなさい、兄上」

少しスキンシップを取りたい気分だった弟伯爵は、残念そうにお辞儀《じぎ》して居間を退出した。

「坊《ぼっ》ちゃま……」

呼びかけたマーゴットに、伯爵は顔を向けて微笑む。

「お前たちも、片付けものを終えたら、早く休むように。――ミリアム！」

呼びかけられ、びくんと肩を震《ふる》わせたミリアムは、速《すみ》やかに覚醒《かくせい》し、飛び起きる。

「はっ、はいっ……！」

勢い余って、寝《ね》かされていた椅子《いす》から転げ落ちたミリアムは、呆然《ぼうぜん》とする。

（わ、わたし、夢……！）

何だかとても心ときめく、素晴《すば》らしい夢を見ていたような気がするのだが、目覚めた瞬間《しゅんかん》に綺麗《きれい》に消えうせてしまい、何も思い出せない。

「そこで寝るより、部屋に戻《もど》って休め」

寝起きのせいか、呆然としているミリアムにそう言って、伯爵はソファーから腰《こし》を上げる。

「着替《きが》えを――」

外出着から寝間着への着替えを手伝おうと声を上げかけたランディオールを、伯爵は断る。

「わたしに触《ふ》れるな」

吸血鬼化し、無意識に他者の生命力を奪い取ってしまう伯爵に触れられる手は、伯爵の目の前にばらばらのまま置かれている。誰《だれ》も、伯爵に触れられない。

「おやすみ」

「おやすみなさいませ、坊ちゃま」

マーゴットは微笑《ほほえ》んで伯爵を見送り、オースティンは退出する伯爵の為《ため》に、恭《うやうや》しくお辞儀して、居間の扉《とびら》を開いた。

「おやすみなさいませ、旦那様《だんなさま》」

「おおお、おやすみなさいませ……！」

急いで立ち上がったミリアムは、見当違《ちが》いの方を向いて、身体《からだ》を二つ折りにするような勢いで、伯爵に向かってお辞儀をした。

「おやすみなさいませ、ベル様」

（お茶……一口も飲まれなかった……）

ミルクも砂糖も、同じように入れて、温度もきちんと飲み頃《ごろ》にして出したのに。ランディオールはテーブルに残った兄伯爵のカップをワゴンに戻し、後をマーゴットたちに任せて、部屋に戻った弟伯爵の着替えを手伝いに行った。


夜目の利《き》く伯爵は、明かりを灯《とも》さなかった。いつまでも明かりが灯っていれば、マーゴットたち屋敷《やしき》の者は、伯爵がなかなか寝付けないと思って心配するが、明かりが消えていれば、眠っていると思うだろう。

夜会用の華《はな》やかな外出着を脱《ぬ》いだ伯爵は、黒っぽい衣服に着替える。

（セルバン……）

今、この瞬間、片腕《かたうで》のままで、どこでどうしているのか。考えれば考えるほど、胸が潰《つぶ》れそうになる。フェルナンドとレオニールが捜して、何の手がかりも見つけられなかったのだ。伯爵が行っても、何か見つかるとは思えないのだが、それでも――。

ここまで我慢《がまん》した伯爵は、もう、いても立ってもいられない。

水を張った洗面器を支度《したく》し、床《ゆか》に大きめの布を広げた伯爵は、寝台《しんだい》の下に隠していた土嚢《どのう》を引っ張り出し、口を結《ゆ》わえていた紐《ひも》を解く。

（オースティンに馬車を出してもらわなくても、これなら）

水に濡《ぬ》らした手で掴《つか》み、躊躇《ちゅうちょ》なく伯爵が頭から塗《ぬ》りつけたのは、ハニーデュークから分けてもらっていた『墓場の土』だ。これで、怪物《かいぶつ》を寄せ付けない簡易結界が作れる。

衣服にも泥《どろ》を擦《こす》りつけ、目立たないよう、フード付きの黒いマントを着た伯爵は、窓から屋敷を抜《ぬ》け出した。人を超《こ》えた運動能力を解放して、軽々と塀《へい》を飛び越《こ》え、セルバンティスの姿を見た、最後の場所に向かう。

魔眼《まがん》の虜《とりこ》にした男に当て身を食《く》らわせて、巡回《じゅんかい》中の兵に発見させ、適当な病院に運ばれていくのを見届けたレオニールは、伯爵邸に戻ろうとして、はっとする。

(この、気配――――)

馬車に乗っている時のように、不鮮明《ふせんめい》だが、間違いない。

(ベルナルド!?)

まさかと思いながら、町の暗がりを選び、闇《やみ》に紛《まぎ》れるようにしてレオニールは駆《か》ける。

解体途中《とちゅう》の、半壊《はんかい》したアパートのある場所……、怪物に襲撃《しゅうげき》された場所に、黒っぽい衣服に身を包んだ、小柄《こがら》な人影《ひとかげ》があった。月の光を浴びるそれに、レオニールは信じられないと目を見開く。

「伯爵、ベルナルド――――！」

いきなり近くで名を呼ばれ、地面に這《は》い蹲《うずくま》るようにしてセルバンティスの痕跡《こんせき》を求めていた伯爵は、驚《おどろ》いて振り返る。間近にいたのは、全身に熱い血を巡《めぐ》らせる、軍服姿の見慣れた男。

「……何だ、貴様か」

「何をしている⁉」

腕《うで》を掴んで引き起こされ、軽々と片手でぶら下げられるように持ち上げられて、伯爵は菫色《すみれいろ》の瞳《ひとみ》でレオニールを睨《にら》む。

「放せ！　無礼者！」

「何をしているのかと聞いている！」

「見てわからんのか、馬鹿《ばか》者！　セルバンの痕跡を捜しているのだ！　邪魔《じゃま》するな！」

「それはお前のすることではない！」

咆《ほ》えるようにレオニールは怒鳴《どな》る。怪物を避《さ》ける為の策なのだろう、泥に汚《よご》れた伯爵の姿を見るだけで、レオニールはふつふつとこみ上げる怒《いか》りを感じた。怒鳴られて、伯爵も激昂《げっこう》する。

「そんなこと、誰が決めたのだ⁉」

「たった今、俺だ！　俺が決めた！」

地に這い蹲るその姿は、高貴にして美麗《びれい》なる金の髪《かみ》の少年伯爵には、似合わない。してはいけない、させてはならない。

（そんなに、お前は――――）

摑んだ細い腕の、衣服やマントを通しても伝わる冷たさに、レオニールは襲《おそ》い掛《か》かるように伯爵を胸に抱《だ》く。

「放、せ、っ……！」

伯爵は怒り、もがくが、伯爵を抱きしめるレオニールの腕は、びくとも動かない。

「――貴様も、泥で汚れる……」

「伯爵、ベルナルド。お前は冷え切っている」

「……だって、セルバンがいない……」

身体の奥に生じた見えない氷塊《ひょうかい》を、レオニールから伝わる熱に溶《と》かされながら、俯いた伯爵は幼い響《ひび》きを含《ふく》む声で小さく呟《つぶや》いた。身も心も凍《こご》えている伯爵を、レオニールはしっかりと腕に抱き、熱を分け与《あた》える。

（こんな……迷い子のように、誰かを捜し求める伯爵など……）

まったく想像したこともなかったとレオニールは考え、そして思い至る。

（そうか。『ベルナルド伯爵』を作り上げたのは――――）

あの、忠実にして誠実な執事《しつじ》なのだ。彼がいたから、この金の髪の見目麗《うるわ》しい少年は、誰もが認める伯爵たる人物となった。

「必ず、見つけてやる」

彼は、ベルナルド伯爵にとって、絶対に欠くべからざる存在。
身体に響くレオニールの言葉に、伯爵は小さく頷《うなず》いた。

第十光　失われたもの

バラの花の香《かお》りがする。

(坊《ぼっ》ちゃま……)

朝食のテーブルに、露《つゆ》を結んだ瑞々《みずみず》しい花を飾《かざ》らなくては。

そっと目を開いたセルバンティスは、起き上がろうとして——。

(右腕《みぎうで》……)

義手がない。それに。

(ここは……)

どこ、なのだろう。ガラス張りの天井《てんじょう》の向こうに見える空には、まだ月が高く輝《かがや》いている。

温室の隅《すみ》の仮眠《かみん》用の簡易寝台《しんだい》で眠《ねむ》っていたつもりだったセルバンティスは、ここが伯爵家の温室ではないことに、ようやく気づく。セルバンティスが身体《からだ》を横たえていたのは、白くペイントされた木製の立派なガーデンベンチだ。ふかふかのシートクッションの上に寝《ね》かされ、丁寧《ていねい》に地模様の織り込まれた薄《うす》く温かなウールケットが掛《か》けられていた。

(汚《よご》しては大変です……!)

見るからに高級品であるウールケットは、伯爵家の使用人如《ごと》きが使ってよい物ではない。ウールケットを取り除《の》けようとしたセルバンティスは、右手を使おうとして失敗する。

（義手は、砕《くだ》けてしまったのですね……）

上に着ていた執事《しつじ》コートはなく、義手が砕け散った衝撃《しょうげき》で、執事コートごと右袖《みぎそで》の引き裂《さ》けたシャツは上質の絹のドレスシャツに交換《こうかん》されていた。そっとシャツの上から触《ふ》れて、ガーゼと包帯の手触《てざわ》りに、義手の破片《はへん》を浴びて切り裂けた、いくつもの傷が手当てされていることを確認する。

（義手はもうない）

しっかり頭の中で繰《く》り返す。武器を仕込んだ重たい義手の右腕がなくなったせいで、バランスをとるのに苦労しながら、セルバンティスはゆっくりと身を起こす。

（なんて立派な温室でしょう）

月明かりに照らされた手入れの行き届いた広い温室には、バラの花が咲《さ》いている。小さな噴《ふん》水《すい》があり、白いグランドピアノがある。視界が何かおかしいと思ったセルバンティスは、眠るときにも外さない、左目の片眼鏡《かためがね》がないことに気づく。はっとして、喉《のど》に左手をやると、そこにあるはずのチョーカーもなかった。慌《あわ》てて見回すと、片眼鏡とチョーカーは、少し離《はな》れた場所のテーブルの上にあった。執事コートも、そのすぐ近くのコートハンガーにかかっている。

セルバンティスはベンチから足を下ろして座る姿勢になる。バランスに注意して立ち上がろうとして、足音に気づく。

（誰《だれ》か、来る）

足音の聞こえるほうに顔を向けたセルバンティスは、ランプを提《さ》げて近づいてくる人影《ひとかげ》を見る。

（ジョシュア王子！）

驚《おどろ》くセルバンティスに、長く裾《すそ》を引く夜着姿で静かに歩み寄ったジョシュア王子は、微笑《ほほえ》んだ。肩《かた》にかけたショールを留めたルビーのブローチが、ランプの光にきらりと輝く。

「気がついたようだね。気分はどうだい？」

「……！」

――大丈夫《だいじょうぶ》です。夜分に見苦しい姿でお騒《さわ》がせして申し訳ありません。

言おうとした言葉は、声帯を欠いている為《ため》に声にならず、慌てて腰《こし》を上げようとしたセルバンティスは、バランスをとり損《そこ》なって、ベンチから落ちた。目の前でいきなりベンチから落ちたセルバンティスに、王子はびっくりする。

「……大丈夫かい？」

尋《たず》ねられ、みっともない姿を見せてしまったセルバンティスは耳まで赤くなり、目線も上げられず、テラコッタのタイルの上に座り込んだまま頷《うなず》く。王子のような高貴な身分の者と同じ空間の空気を吸って呼吸することさえもったいなく、許し難《がた》いという様子がありありと見て取れて、ジョシュア王子はセルバンティスから距離《きょり》を取り、グランドピアノに近い場所に置かれた二人掛けのチェアーブランコに優雅《ゆうが》に腰を下ろし、横の座面にランプを置く。

王子が距離をとってくれたので、セルバンティスは見苦しい恰好《かっこう》であることを気にしながら、ベンチに縋《すが》るようにして腰を上げ、左手だけでウールケットを静かに払《はら》って埃《ほこり》を落とし、縁《ふち》を合わせて丁寧に畳《たた》む。

「町に怪物《かいぶつ》が出たと、知らせがあったのでね。研究の為に怪物の死骸《しがい》を回収しに行った先で、君を見つけたんだ」

(ジョシュア王子は、学者を集めて怪物の生態を研究しているのでしたね)

ハニーデュークの義手は、繊細《せんさい》な動きの為に、義手と生身の神経を電気信号で繋《つな》いでいる。義手が粉砕《ふんさい》された際に乱れた過負荷《かふか》の電気信号が、義手と生身との接合部で激痛となり、セルバンティスを襲《おそ》った。セルバンティスは意識を保つことができず、霧《きり》の底に倒《たお》れた。怪物の亡骸《なきがら》といっしょに、騎士《きし》の位を授与《じゅよ》しようかと考えたこともある人間が倒れていたのだから、王子は驚いたことだろう。

(あの場にいた理由は、話せない……)

伯爵家の使用人の端《はし》くれであっても、深夜、あのような裏町を徘徊《はいかい》していたなんて、聞こえが悪い。ベルナルド伯爵家の恥《はじ》だ――。

(坊ちゃま……)

ジョシュア王子にお茶会に招かれるほど、親しくしていただいているというのに。自分の不《ふ》手際《てぎわ》のせいで、ベルナルド伯爵が悪く思われてしまう。

(どうしてわたしは、あのとき義手だけでなく、この身のすべてを粉々に散らせてしまわなかったのだろう……)

そうすれば、ベルナルド伯爵にかかる不名誉《ふめいよ》だけは、免《まぬが》れることができたのに。

白いグランドピアノのある温室で、ジョシュア王子が出入りする場所となれば、それは王宮でベルナルド伯爵が何度かお招きを受けている場所だ。貴族家の血を受け継《つ》いでいないセルバンティスは、王宮の奥に足を踏《ふ》み入れることはない。大切な坊ちゃまであるベルナルド伯爵がいた場所をよく見ておきたいという気持ちはあったが、それよりも羞恥心《しゅうちしん》が勝った。

(早々にお暇《いとま》しなければ……!)

王子のことだから、連絡《れんらく》はしてくれているだろうが、屋敷《やしき》で伯爵が心配している。

セルバンティスは王子に向かって深々とお辞儀《じぎ》すると、テーブルに置かれていた片眼鏡とチョーカーに手を伸《の》ばす。

「騎士の位の授与を辞退したよね?」

ジョシュア王子に静かに声を掛けられて、びくりと震《ふる》えてセルバンティスは片眼鏡に伸ばしていた手を止める。緊張《きんちょう》して身を硬《かた》くするセルバンティスに、ジョシュア王子は微笑む。

「その理由がやっとわかったよ」

切断された右腕。義眼となっている左目。失われた声帯。意識を失っていた間に、誰か医者に診《み》せられたのなら、全部わかってしまったはずだ。王子の誕生日に、倒壊《とうかい》したグラスタワーから王子とベルナルド伯爵を庇《かば》い守った時のセルバンティスは、今のような身体ではなかった。あの時に手当てしてもらったので、宮殿《きゅうでん》の医務室にはセルバンティスの診療《しんりょう》記録が残っている。以前から、機械で身体機能を補っていたのだという嘘《うそ》は通用しない。

セルバンティスはもう一度、王子に向かって深々とお辞儀する。

「確かに、その姿では騎士にはなれないね。何があったのかは、聞かないでいてあげよう」

小さくブランコを揺《ゆ》らし、ジョシュア王子はベルナルド伯爵の忠実な執事である青年を見つめる。

「——まだ実験段階で、世間に広めて実用化するまでには至っていないのだけれど」

「?」

顔を上げたセルバンティスに、にっこりとジョシュア王子は微笑む。

「失くした腕《うで》を、元に戻《もど》してあげられるよ」

(え……?)

驚くセルバンティスに、ジョシュア王子は言う。

「腕も、目も、声も。失ったもの、すべて。取り戻すことができる。手術は、すぐに済むよ。元の姿に戻って帰れば、伯爵はきっと喜んでくれる。元の姿に戻りたいだろう? 君を診察《しんさつ》した医者は、君の身体はあまりよくない状態だと言っていた。おそらく、機械化して補っているところのせいだ。このままだと君、それほどの年月も経《た》たないうちに死んでしまうよ? ベルナルド伯爵は、このこと……、知らないよね」

「…………」

義手や義眼を身に着けて以来、ひどい頭痛に襲われるようになった。昨日からは、吐血《とけつ》も経験している。

（あと何年……、いや、何日かもしれない――）

それでも、義手は必要だ。あの機械の義手があるから、吸血鬼《きゅうけつき》と化したベルナルド伯爵に触れることができる。たとえ、命を縮めることになっても、機械仕掛《じか》けの義手は欲しい。

「失われた手足の復活医療《いりょう》は、まだ研究途中《とちゅう》だから、どんな形であれ、謝礼を求めるようなことはしない」

高貴な王子は、下賤《げせん》な強欲医師のように、人の弱みにつけこんで莫大《ばくだい》な報酬《ほうしゅう》を要求することはない。

「復活させた腕をつけた場合、君は失われた身体《からだ》を元に戻す実験の協力者ということになる。経過観察は細かく行いたい。本格的に実用化できるようになれば、怪物から町を守る為に戦って負傷した多くの勇敢《ゆうかん》な兵士の身体を、完全に元に戻せるようになるだろう」

王子は楽しそうに、くすくすと笑い、ブランコを揺り動かす。

「夢のようだね。素晴《すば》らしいじゃないか」

勇敢に戦った兵士の証《あかし》となる名誉の負傷も、後遺症《こういしょう》などないほうがいい。義手や義足で損壊《そんかい》した肉体を補うより、生身で戻せるならそのほうがいい。

「返事は今すぐでなくていい。考える時間をあげるよ。ゆっくり考えて、君にとって最良の道を選ぶといい。わたしの部屋は、この奥だよ。君はいつでも望む時に、わたしの部屋の扉《とびら》を開いていい」

優《やさ》しく微笑んで、ランプをブランコに置いたまま、王子は立ち上がる。

「おやすみ、セルバンティス」

衣擦《きぬず》れの音をさせ、ジョシュア王子は温室を出て行った。


国王ストロハイムが就寝《しゅうしん》時間を迎《むか》えた深夜の王宮は、通路の明かりも落とされて、衛兵たちはそれぞれに明かりを持って見回りを行う。ランプを置いて温室を出た王子は、温室の出入り口の横に置き去りになっている、小さな燭台《しょくだい》の明かりをちらりと見る。炎《ほのお》を揺らしていたのは、ケーキに歳の数だけ立てられそうな小さな蠟燭《ろうそく》だが、燭台の光は王子の部屋まで点々と続いて、足元の床《ゆか》を静かに照らしていた。

「…………」

ジョシュア王子は、誰にも告げずに温室に足を運んだ。何も知らない衛兵や女官が、王子の為に明かりを支度《したく》することはない。

通路の端《はし》から遠慮《えんりょ》がちに足元を灯《とも》す蠟燭の光に目をくれることなく、長い髪《かみ》を揺らしながらジョシュア王子は毅然《きぜん》と顔を上げて自室に向かう。

部屋に着いたジョシュア王子は、扉を開けようとして――。

「…………」

不意に、何が気に食わなくなったのか、ショールを留めていたルビーのブローチを摑《つか》み、引き千切るように乱暴にそれを通路に投げ捨てた。硬質《こうしつ》な音を響《ひび》かせ、通路を転がったブローチに見向きもせず、扉を開けて部屋に入る。

王子の部屋の扉が開閉されて、少ししてから。

廊下《ろうか》に点々と灯されていた燭台の光が消えた。

足音を殺し、火を消して小さな燭台を回収してきた者——顔の上半分を仮面で隠《かく》した青年は、王子の部屋の前で立ち止まり、投げ捨てられたブローチを拾う。無惨《むざん》に廊下を撥《は》ね転がったブローチは、宝石を囲んだ金の飾《かざ》りが曲がり、留めのピンが外れていた。ピンがなくなったせいで、見通しのよくなったブローチの裏面には、王家の紋章《もんしょう》が刻まれている。王子に乱暴に扱《あつか》われたブローチは、王家に代々受け継がれてきた、大切な宝物だ。

（ジョシュア様……）

仮面の青年は、絹のハンカチーフを取り出してブローチを大切に包み、探し出したピンといっしょに隠しにしまった。

（イジドールを起こして、朝までに直させなくては）

王宮御用達《ごようたし》の装身具の職人は、仕事を終えてもう休んでいるだろう。しかしそれでも、これを壊《こわ》れたままにしておくわけにはいかない。外れたピンや、曲がった金の飾りを直すことは、失くした身体の一部を復活させることと比べれば、難しくはない。

もう二度と戻らないと諦《あきら》めていたもの、失った腕を元に戻せるというのは、とても魅力《みりょく》的な誘《さそ》いだ。手術に時間はかからない、手術を受けて帰れば、主人が喜ぶだろうと聞かされたなら、心は動き、このますぐにでも手術を受けたくなるだろう。しかし。

（あなたは、思い違《ちが》いをされている）

セルバンティスという青年は確かに、勇敢で誠実で、心正しく優しく、賢《かしこ》いけれど。

（彼はもう、『ただ一人』を選んでしまった）

自分に直接関《かか》わりのない誰《だれ》かを含《ふく》む大勢の人々の幸福よりも、ただ一人の幸福を。その為《ため》ならば、セルバンティスは何を失おうと惜《お》しくはない。怪我《けが》をする前と同じように執事《しつじ》コートを着て、ベルナルド伯爵に仕えている様子から、それがはっきりとわかる。

（失くした腕を、目を声を、彼はどれほど好ましく思っているでしょう。その姿で間近く主に仕えられることに、どれほどの幸福を感じているでしょう……）

傷つくことで、セルバンティスはより深く、ベルナルド伯爵の心の奥に己《おのれ》の存在を刻み付けた。

一生残る重い傷という負い目を、ベルナルド伯爵は正面から受け止めた。セルバンティスは片腕《かたうで》を失くすことで、ベルナルド伯爵を手に入れた――。

セルバンティスは片手で苦労しながらチョーカーを首に嵌《は》め、左目に片眼鏡《かためがね》をかける。ハンガーに掛《か》けられた執事コートは、シャツのように交換《こうかん》されたのではなく、同じ生地《きじ》を使って、裂《さ》けた右袖《みぎそで》を作り直してあった。セルバンティスの執事コートは、外見こそ他《ほか》の物と変わらないが、ハニーデュークの手で仕掛けがされている。身体の傷の手当ての為に、身体やコートは少しあちこち触《さわ》られたようだが、ポケットに入れていた薬包紙ひとつでさえ、なくなっているようなことはなかった。セルバンティスは執事コートに袖を通す。右腕の義手を欠いていたが、いつもの恰好《かっこう》に戻って、少しほっとする。

(――失った腕や足を、元に戻す……)

怪物《かいぶつ》の亡骸《なきがら》を回収し、ジョシュア王子は研究班を組織して、日夜怪物を研究しているとは聞いていたが、人体の補完の研究もやっていたとは。

(やはりジョシュア王子は、素晴らしい方だ)

常人には思いもつかないことをやっている。

(きっと偉大《いだい》な国王になられるでしょう)

そしてセルバンティスの大切な主人、ベルナルド伯爵は、近い将来、偉大な国王となるだろうその人に、とても気に入られている。そのことが、セルバンティスは誇《ほこ》らしい。

(義手……、またハニーデューク先生に作っていただかないと)

精巧《せいこう》な義手なら、他の医者を頼《たよ》ることができるだろうが、セルバンティスが求めているのは、吸血鬼となったベルナルド伯爵に仕える為の腕であり、戦う力だ。貴族にとって不名誉《ふめいよ》な事態とされているので、ベルナルド伯爵が吸血鬼となったことを口外するわけにはいかない。法定伝染病《でんせん》と同じく、貴族の吸血鬼化を知った医者には、届け出の義務がある。ベルナルド伯爵の場合、双子《ふたご》だったことと、祖父トールキンス侯爵が権力者だったことで、強引《ごういん》に事実を隠蔽《いんぺい》したにすぎない。診療所《しんりょうじょ》の場所を転々と移しているハニーデュークには、法の規制なんて、あってもないに等しい。どこにいるのかわからないので、咎《とが》められることもない。事細かに説明をしなくても、すべてを了承《りょうしょう》して、便宜《べんぎ》を図《はか》ってもらえるのは、ハニーデューク医師だけだ。

（あまり痛みきってしまわないうちに、内臓も機械に変えてもらったほうがいいかもしれない）

そうすれば、一日でも長く、ベルナルド伯爵の側にいられる――。

服装の乱れがないかきちんと確認《かくにん》して、借りていたベンチを整えたセルバンティスの片眼鏡に、光点が灯る。光点は、温室の出入り口の横に控《ひか》えて、動かない。

（……王子様では、ない）

忘れ物をしたとかで、ジョシュア王子が戻《もど》ってきたのなら、扉の横に控えるようなことをせずに、温室の中に入るだろう。衛兵だろうか。

（王子様のお言葉に従わないのは、不味《まず》いでしょうか……）

しかし王子はゆっくり考えていいと言ってくれた。セルバンティスはベルナルド伯爵家の使用人だ。たとえ相手が王子であれ、主人に何の相談もなく、挨拶《あいさつ》もせずに、このまま王宮に留《とど》まるとは思っていないだろう。

（今夜はお暇《いとま》を告げても、失礼ではないですよね）

そして、トールキンス侯爵を通じて、辞退の旨《むね》を伝えてもらえばいい。王子に助けていただいたお礼を、ベルナルド伯爵からも言ってもらわなくては。

少し待ってみたが、温室の出入り口の横にいる者は、奥に入ってくる様子を見せなかった。セルバンティスを呼びに来たのではなく、出てくるのを待っているのだろう。

武器の仕込まれた重たい義手を自在に使いこなす為、セルバンティスは人知れず努力して筋力をつけた。急に軽くなった右側の為に、うまくバランスがとれずに、セルバンティスはちょっと身体《からだ》をふらつかせながら、温室の出入り口に向かう。

扉の向こうでセルバンティスを待っていたのは、王宮を出入りするに相応《ふさわ》しい装束に身を包み、顔の上半分を仮面で隠した男性だった。立派な剣《けん》を腰《こし》に帯びることを許されているようだが、男性は衛兵ではない。しかも顔を隠すとなると、何やら、ただならないものを感じる。

『…………』

これは、ちょっと、その……。

殺気はまったく感じないのだが、どういう態度をとればよいものか、咄嗟《とっさ》に判断できず、セルバンティスは躊躇《ちゅうちょ》する。

一見して不審《ふしん》人物のように怪《あや》しげな仮面の青年は、温室から出てきたセルバンティスを、丁寧《ていねい》に跪《ひざまず》いて迎えた。

「今晩のことは、どうぞ、他言無用に願います」

頭を下げてそう言われて、セルバンティスは納得《なっとく》する。

（王子様にお誘い、ただいた、あれはきっと極秘事項《ごくひじこう》だ……）

失われた手足や眼球を、元に戻せるなどという噂《うわさ》が広がったなら、それを欲する人々が世界中からやってくるだろう。混乱を避《さ》ける為にも、完全に実用化されるようになるまでは、秘密にしておいたほうがいい。

――かしこまりました。

仮面の青年に、セルバンティスは恭《うやうや》しくお辞儀《じぎ》する。

セルバンティスは首にチョーカーをつけている。機械音声の補助で、会話が可能であるはずなのに、喋《しゃべ》ろうとはしなかった。

（あぁ、やはり）

仮面の青年は、了承する。

ただ一度、名も知らない相手に応じる為だとしても、作り物の声であることを恥《は》じ、聞かせたくなかったからではない。声帯を失ったセルバンティスが新たに得た機械の声は、ベルナルド伯爵の為にあるのだ。

（なんと潔《いさぎよ》いことだろう）

己の存在のすべてを、主と仕えるベルナルド伯爵を中心とするセルバンティスを、仮面の青年は羨《うらや》む。

（ジョシュア王子……、あなたがわたしの背を押してくださるのなら、わたしはどんな断崖《だんがい》からでも、飛んでみせるのに——）

だが王子は、その白い手で青年の顔に刻みつけた傷から目を背《そむ》け、彼を遠ざけた。

（わたしをあなた様のいる世界から追い払《はら》いたいのであれば、どうぞ、この命を）

生かされている限り、彼は王子の為に密《ひそ》やかに行動し続ける。一度も振《ふ》り返られることなく、望まれることなくとも、ずっと。

「お屋敷《やしき》まで、馬車でお送りいたします」

王宮から貴族のお屋敷町までは、結構な距離《きょり》がある。高位の貴族家に仕える者を、深夜、一人歩きさせるわけにはいかない。

腰を上げて一礼した仮面の青年に、セルバンティスは静かに遠慮《えんりょ》して、促《うなが》すようにそっと月を振り仰《あお》ぐ。

この世でもっとも大切に思う人に、とてもよく似ているものを、セルバンティスは眩《まぶ》しそうに見つめる。

煌《きら》めく星々を従えて、夜空に華麗《かれい》に君臨する王者のような月は、王宮に時を知らせる高い鐘《しょう》楼《ろう》の屋根の上に、輝《かがや》いていた。

第十一光　月の輝く夜に

都の夜の平穏《へいおん》を脅《おびや》かす怪物は、何日もまったく姿を現さないこともあれば、一晩に何度も、場所を変えて出没《しゅつぼつ》することもある。

冷たく凍えた伯爵の身体を抱きしめていたレオニールは、ぴくりと身体を揺《ゆ》らした。熱を分け与《あた》えられるまま、レオニールの腕《うで》に身を委《ゆだ》ねていた伯爵も、むっと眉《まゆ》を顰《ひそ》め、閉じていた目をゆっくりと開く。

「……来たな」

「あぁ」

短く答えて、レオニールは腕を緩《ゆる》め、浮《う》き上がっていた伯爵の足を地に下ろす。

（ここより、南――）

フェルナンドの配属された隊は、任務を終えている。都の巡回《じゅんかい》は、交代した別の隊が行っていて、怪物に気づいた者が殲滅《せんめつ》に当たるのだろうが。

「行くのか」

「俺は、戦う為《ため》の力を求めた」

人としての領域を逸脱《いつだつ》するほどに、強く力に焦《こ》がれた。

「ひとつ覚えだな」

やることなんて、できることなんて、ただひとつあればいい。どこまでもまっすぐに、不器用にしか生きられない男を、伯爵は羨んで嘲《あざけ》る。

戦えば、少なからず己《おのれ》の身も傷つく。力及《およ》ばなければ、命を落とすこともある。過酷《かこく》な勤務に当たる兵士も、一人の人間だ。勤務を終えれば、戦いのない平穏な生活がある。心と身体を休める為に与えられ、戦いを忘れることを許された休息の時間にまで、怪物《かいぶつ》を殲滅しに行くことを望まなくてもいいのに。これが、人であることよりも、軍人であることを選んだ男の究極――。

「乾《かわ》いた泥《どろ》に塗《まみ》れていても、お前は何も変わらない」

強い意志を宿す瞳《ひとみ》も、気高い魂《たましい》の輝きも。人としての禁忌《きんき》を越《こ》えた呪わしい穢《けが》れさえ、この見目麗《うるわ》しい少年伯爵の金の髪《かみ》一筋も損《そこ》なうことはない。

「変わるわけがあるか」

伯爵は呆《あき》れ、レオニールを見上げる。いつもの調子に戻った伯爵だが、その頰《ほお》はまだ透《す》き通りそうな青みを帯びている。この頰をバラ色に戻せるのは、レオニールだけだ。

そっと頰に伸《の》ばされたレオニールの手を、ぴしゃりと伯爵は払いのける。

「我が前に跪き、隷属《れいぞく》を誓《ちか》え!」

月だけが、静かに禁忌の儀式《ぎしき》を見守る。

にやりと微笑《ほほえ》み、襟《えり》に指を入れて緩めたレオニールは、片膝《かたひざ》をついて腰を落とし、金の髪の少年伯爵を見上げる。

「我が主の意のままに」

伯爵はレオニールに向かって、静かに身を屈《かが》める。他《ほか》の命を傷つける、牙《きば》を持たない魔物《まもの》の為に、熱く脈打つ男の首は、甘く熟した果実のように爆《は》ぜた。溢《あふ》れ出る血が、伯爵の唇《くちびる》を濡《ぬ》らし、渇《かわ》ききっていた喉《のど》に流れこむ。禁じられた甘露《かんろ》は、熱くまろやかに芳《かぐわ》しく、伯爵を潤《うるお》す。

流れ出し、注ぎこむ血に、身体を構成する細胞《さいぼう》、ひとつひとつが鮮明《せんめい》になる。細く鋭《するど》く研《と》ぎ澄《す》まされる。

受け入れ、取りこむ血に、凍えて震《ふる》えていた身体の芯《しん》が、ふんわり柔《やわ》らかくなる。

同じ血で繋《つな》がる瞬間《しゅんかん》。魂を煌めかせ、酩酊《めいてい》させるような感覚に、じんと頭の芯が痺《しび》れた。

見目麗しい少年伯爵に染《し》み渡《わた》る赤。熱く濃《こ》い、生命の雫《しずく》に内側から染められて、華《はな》やかに咲《さ》き零《こぼ》れる――、夜の支配者。

（あぁ、そうだ。そうしてもっと……）

この身の奥底から湧《わ》き上がる赤を。ぶちまけるほどに捧《ささ》げ、月光を弾《はじ》く金の髪や白磁の肌《はだ》を真っ赤に塗《ぬ》り潰《つぶ》せたなら、どんなに素晴《すば》らしいだろう――。

己の方に引き寄せようと伸ばされるレオニールの手を、伯爵はぴしゃりと払いのける。姿勢を正し、一歩離《はな》れた伯爵は、ぐいと乱暴に手の甲《こう》で唇を拭《ぬぐ》う。飲み下されなかった真紅《しんく》の蝶《ちょう》が舞《ま》い、柔らかな唇は紅を引いたように赤く染まり、桜色だった爪《つめ》も真紅に変わる。

伯爵の為に爆ぜた首の傷は、伯爵が離れると同時に速《すみ》やかに閉じ、爆ぜた痕《あと》は垂れた血の色をした紋様《もんよう》と化して、首輪のようにぐるりとレオニールの肌を這《は》う。

「行け！　レオニール」

敢然《かんぜん》と命じる澄んだ声に従って、レオニールは漆黒《しっこく》の獣《けもの》と化して駆《か》けだす。

風のように闇《やみ》を疾駆《しっく》し、瞬《またた》く間に遠くなるレオニールに、伯爵は悩《なや》ましげに息を吐く。

（……食われそうな気がするのは、何故《なぜ》だ）

血を奪《うば》っているのは、伯爵であるのに。そしてもっと困るのが――。

(どうしてわたしは、食われたいと感じるのだろう)

それはまるで、聖なる祭壇《さいだん》に捧げられる、選ばれた生贄《いけにえ》のように。


熱い血を持て余す将校と、不足する血に凍える伯爵。

将校は与え、伯爵は受け取る。その行為《こうい》は、想像もできない心地《ここち》よさでお互《たが》いを酔《よ》わせる。

どこまでも血を注ぎいれたい。どこまでも潤いたい。

しかしその望みは、絶対に叶《かな》わない。尽《つ》きぬ泉はなく、溢れぬ器《うつわ》はないのだ。

持て余せば熱に浮かされて崩壊《ほうかい》し、欠乏《けつぼう》すれば凍《い》てつく。呪われた対《つい》は、交わらないでは正気を保てない。交わりの先には、甘美《かんび》な誘惑《ゆうわく》の罠《わな》が待っている。

最初の吸血行為の時、それを見ていたハニーデュークは、小食なのかと伯爵を揶揄《やゆ》した。禁忌であるが故《ゆえ》に、満たされる最低限の摂取《せっしゅ》に留《とど》めようと、伯爵自身も自主的に規制したのかと思っていたが。

(防衛本能だったのだな……)

常習性のある、危険なもの。水辺に馬を連れて行っただけでは、水を飲ませることができないように、レオニールがどれほど分け与える血を持っていても、伯爵がレオニールの血を口にしなければ、それは対と血を交わしたことにはならない。

対の吸血鬼《きゅうけつき》。その運命の扉《とびら》を開く鍵《かぎ》は、主たる伯爵が握《にぎ》っている。

伯爵が血を受け取っても、受け取らなくても——。

（どちらを選んでも、待っているのは『破滅《はめつ》』だ）

人ならざる身、神の与えた理に従わず、禁忌を犯《おか》した者は、地獄《じごく》の業火《ごうか》に身を焦がすのが宿命だ。その炎《ほのお》までの距離《きょり》が、いったいどれほどなのかはわからないが。

（はからずも得た力を、せめて、誰《だれ》かの役に立てたい……）

誰より守りたい双子《ふたご》の弟や、領民だけの為に用いるには、大きすぎる力。この世のすべての命の為にと願うのは、傲慢《ごうまん》であるとわかってはいるけれど。

伯爵は月を見上げ、そっと手を伸ばす。

「――お前のように、なれたなら……」

昼の太陽のような恵《めぐ》みを与えることはできなくとも、夜空に浮かぶ月のように、人々の静かな眠《ねむ》りを守る、そんな存在でありたい――。

仮面の男に案内してもらって、セルバンティスは鐘楼《しょうろう》に上がった。

（ここからなら）

執事《しつじ》コートに仕こんである、ハンググライダーを使って飛べる。右腕《みぎうで》がないので、墜落《ついらく》しないよう注意しなければならないが、どうにかなるだろう。

風を読み、伯爵邸に向かって飛ぼうとしたセルバンティスは、星空にひとつ、瞬く星があることに気づく。

(あれ、は……)

夜空に輝《かがや》く星の瞬《また》きというよりは、規則性のある、光の点滅《てんめつ》。夜中に、こんな酔狂《すいきよう》な真似《まね》をするのは――。

(ハニーデューク先生?)

だがその光の位置は、ベルナルド伯爵の屋敷《やしき》のある方角とは、少しずれている。

(公園ですね)

方角から考えて、おそらく。義手をなくした片腕《かたうで》での飛行だ。飛んでいる時よりも、着地の方に不安が残る。都にある伯爵邸の庭より、公園の方が広い。公園には芝生《しばふ》に覆《おお》われた広い場所があり、着地に不安がない。公園からなら、歩いても三十分ほどで伯爵邸に帰れる。

点滅信号を吊《つる》した凧《たこ》を揚《あ》げて、公園の広々とした芝生に座って月見酒を楽しんでいたハニーデュークは、月光を遮《さえぎ》った影《かげ》に、顔を上げる。

「やあ、来た来た」

彼が来られるかどうかは、期待半分というところだったが、無駄《むだ》ではなかったようだ。

「おーい、セルバンくーん」

こちらに向かってくるハンググライダーに向かって、ハニーデュークは夜光色素を溶《と》かした酒瓶《さかびん》を振《ふ》る。グラスの中身も光っているので、ハニーデュークの腹の中も光っているのかもしれない。

セルバンティスは伯爵を抱《かか》えて飛ぶ練習もしていた。義手がないため、重量が増えるのではなく、減っているという、練習とは逆の状態だが、セルバンティスは器用にハングライダーを操《あやつ》って、芝生に無事、降り立つ。

『こんばんは、ハニーデューク先生』

「おかえり、セルバンくん」

光るワイングラスを掲《かか》げ、ハニーデュークは微笑む。

「伯爵サマが心配してたよ？」

『はい……。申し訳なく思います』

視線を落とすセルバンティスの前で、ハニーデュークは持ってきた包みを広げる。

「お屋敷に戻《もど》ったら、またちゃんとしたのを作ってあげるから、今はとりあえず、これで我慢《がまん》してほしいな」

ハニーデュークの広げた包みの中にあったのは、セルバンティスの義手だ。こちらはもともと予備で作っておいた物で、義手というよりも、腕《うで》の形をした鞘《さや》に入った剣《けん》だ。細かな生活動作はできないが、戦うことはできる。

セルバンティスは執事コートとドレスシャツを脱《ぬ》ぎ、月明かりの下でハニーデュークに義手を装着してもらう。

（こんな重さだ……）

懐《なつ》かしい気がする負荷《ふか》に、セルバンティスはほっとする。砕《くだ》けた義手とまったく同じ重さではないが、これでどうにか普通《ふつう》に、身体《からだ》のバランスがとれる。

「今つけているこれは、神経に繋《つな》がるようには作っていない。物が当たってもわからないかもしれないから、気をつけるんだよ」

『はい。ありがとうございます』

刃を伸《の》ばした長さは普通に剣を握ったほどもあるが、肘《ひじ》で曲がらないので、肩《かた》の動きで動かして使う感じだ。刃は手首から先。手首を取り外して、鞘である腕の中に収められていた刃を振り出して、武器にする。

「純粋《じゅんすい》に武器だけでいいなら、きっとこっちの方が断然楽だよ？　僕が作った義手の中でも、セルバンくんが使っていたような上等の義手は、繊細《せんさい》な動きを可能にするために電気信号のフィードバックがある。義手は日常使いの道具だけれど、複雑な動きが可能な物は、基本的に繊細だからね。武器として使っていると、衝撃《しょうげき》で調整が狂《くる》うこともある。調整が狂ったら、熱が出たり、ひどい頭痛がしたりするんだよ」

にこにこと話すハニーデュークの言葉に、左手だけで器用にシャツのボタンを嵌《は》めていたセルバンティスは、ぴたっと手を止める。

（――――熱や、ひどい頭痛？）

義手の装着者には、そういうことがあったり、する？

『あ、あの、先生……、血を吐いたり、とかは、ありますか？』

セルバンティスに尋《たず》ねられ、ハニーデュークはきょとんとする。

「いや、吐血《とけつ》するなんていうのは、聞いたことないねぇ。それって、義手とは関係ない、何か別の病気なんじゃないの？」

『はぁ、なるほど……』

(精密検査を受けなくてはいけないかも、しれない……)

何もかも、義手のせいだと考える思いこみは、危険だ。


ピー！


小さな音を立て、セルバンティスが左目につけている片眼鏡《かためがね》に光点が灯《とも》る。

(怪物《かいぶつ》！)

「ふむ、来たか。行っておいで。レオン隊長と伯爵サマがいるかもしれないよ？　二人とも、君を捜しているはずだから」

『え……!?』

真夜中だ。吸血鬼という身になって以来、怪物を呼び寄せてしまうベルナルド伯爵は、夜の外出はできるだけ控《ひか》え、お屋敷から出ないようにしているのに。

(坊《ぼっ》ちゃま……！)

どれほど心配をかけたのか。考えただけで、セルバンティスは胸が潰《つぶ》れそうになる。

――もう二度と離《はな》れるな……！

義手を得て側《そば》に戻った日の夜、伯爵は怒《おこ》ったようにそう言って、セルバンティスに小指を差し出した。硬《かた》く冷たい義手の小指は、伯爵の細い指の感触《かんしょく》も温かさも伝えることはなかったけれど、誓《ちか》って絡《から》めた指は、溢《あふ》れるほどの幸せでセルバンティスの胸を満たした。

（お側を離れないと、お約束したのに）

『お世話をかけました……！』

戦う為《ため》の腕を得て、セルバンティスは守りたい人のいる場所を目指す。

「いってらっしゃい。気をつけてねー」

月の光を全身に浴び、颯爽《さっそう》と走り去る青年をハニーデュークはグラスを掲げて見送った。


レオニールより一足遅《おく》れて、伯爵も屋根を足場に、怪物が姿を現した場所に向かう。

（セルバンは怪物といっしょに姿を消した……）

現れた怪物が、ひょっとすると何か、失踪《しっそう》したセルバンティスの行方《ゆくえ》を知っているかもしれない。セルバンティス自身が、自分の意志で怪物を追ったのかもしれない。何の根拠《こんきょ》もない、儚《はかな》い希望ではあるけれど、今はそれに縋《すが》るしか、ない……。

都を巡回《じゅんかい》する小隊に発火弾《だん》で合図して、レオニールは家屋に侵入《しんにゅう》しようとしている怪物に、拳《こぶし》を叩《たた》きこむ。濃密《のうみつ》な霧《きり》の中、重い一撃《げき》を受け、拳を受けた怪物の頭部が赤い蝶《ちょう》と化して飛び散る。打撃《だげき》音も鳴き声も、吹《ふ》っ飛んだ怪物の身体に潰されて砕けるポストや掲示板《けいじばん》の破片《はへん》も、厚い霧がやんわりと受け止める。

月を背負った伯爵は、屋根の高みから、レオニールを見下ろす。怪物と戦っているのは、自らの力で描《えが》く赤い血の道を走り続ける、華麗《かれい》な修羅《しゅら》。

（その姿が、貴様の望んだもの……）

無慈悲《むじひ》で残虐《ざんぎゃく》でありながら、何処《どこ》までも無垢《むく》。鮮《あざ》やかに強い。

（見られている）

苛烈《かれつ》な視線を、レオニールは感じる。身に纏《まと》う虚飾《きょしょく》を剝《は》ぎ取り、本質を暴《あば》こうとする、純粋にして容赦《ようしゃ》ない視線。隠《かく》し繕《つくろ》う必要のない視線に、レオニールは愉快《ゆかい》で堪《たま》らない。

（これが俺だ。俺だ。俺だ……！）

痛烈《つうれつ》な脚《あし》の一撃に、怪物の骨が折れる。レオニールに引き裂《さ》かれ、解放されて、赤い蝶が霧を染める。

「ガア！」

間近で聞こえた声に、怪物の出現した大通りに面して建つ商工会議所の屋根に乗っていた伯爵は、はっとして振り返る。身体と衣服を汚《よご》した墓場の土の為に、怪物を誘き寄せる力はないが、たまたま行き当たってしまうことまでは阻止《そし》できない。泥《どろ》にして擦《こす》りつけたが、乾《かわ》いて落ちた土で、いくらか効果が弱まったか。

戦う力を有した男、牙《きば》となる者の名を呼ぼうとした伯爵は、月の光を遮《さえぎ》り、上空で旋回《せんかい》した大きな影《かげ》に気づいて、その声を呑《の》み込む。

上から聞こえた怪物の声に、はっと振《ふ》り仰《あお》いだレオニールの目にも、その影ははっきりと見えた。

(来たか)

現れるべき時を知り尽《つ》くした出現に、レオニールはにやりと頬《ほお》を緩《ゆる》める。ここで彼が出てこなければ、いつ現れればいいのだろう。

青白く冴《さ》え渡《わた》る月光を、振り下ろされた刃が弾《はじ》く。

真っ二つになった怪物は、赤い蝶を飛び立たせながら屋根を滑《すべ》り、伯爵の前から消え失《う》せる。地上に降りた月の化身《けしん》を覆《おお》い隠そうとした不埒《ふらち》なるモノは、瞬殺《しゅんさつ》で排除《はいじょ》された。

醜悪《しゅうあく》な怪物に代わって、夜空を翔《か》けた人工の翼《つばさ》を畳《たた》み、伯爵の前に降り立ったのは、執事《しつじ》コートを着た青年だ。

『遅《おそ》くなりまして申し訳ありません。ただいま戻りました、坊ちゃま』

伯爵の執事であるセルバンティスが戻る場所は、ただひとつ。屋敷《やしき》でも領地でもなく、大切な主であるベルナルド伯爵のところだ。

機械の音声に変わろうとも、彼の柔《やわ》らかで優《やさ》しい雰囲気《ふんいき》が損《そこ》なわれることはない。どこにも苦痛の色の滲《にじ》まない姿を確かめて、伯爵は頬を緩める。

「おかえり、セルバン」

薄雲《うすぐも》が去ったように、感じる雰囲気が、すうっと透明《とうめい》になった。もう一匹《ぴき》、怪物を倒《たお》したレオニールは、見上げた屋根の上の人影《ひとかげ》が二つに増えていることを確認《かくにん》する。

騎馬《きば》隊の蹄《ひづめ》の音が近づいてくる。

「引き揚《あ》げるぞ」

一跳《と》びで屋根に上がったレオニールは、伯爵に告げる。療養休暇《りょうようきゅうか》中の小隊長が、軍服姿で怪物の殲滅《せんめつ》活動を行っていてはいけない。見つかる前に退散だ。

レオニールが奪《うば》うより先に、金の髪《かみ》の少年伯爵は、執事の腕《うで》の中に飛びこむ。

「戻《もど》ろう」

『はい、坊ちゃま』

怪物を殲滅する為、揺《ゆ》らめく霧の中を駆《か》ける騎馬隊の遥《はる》か上を、漆黒《しっこく》の翼は音もなく飛ぶ。

第十二光　有明

屋敷に戻った伯爵は、セルバンティスに手伝ってもらって湯浴《ゆあ》みをし、身体中を汚した泥を綺麗《きれい》に落とした。泥で汚した衣服は、マーゴットに明日洗濯《せんたく》してもらう。どうしてこんなに汚れたのかを尋《たず》ねられ、無茶《むちゃ》な真似《まね》をしてと叱《しか》られるのが想像できて、伯爵は気が重い。

右腕《みぎうで》の義手は間に合わせの物なので、細かい動きはできないが、それでもセルバンティスは甲斐甲斐《かいがい》しく伯爵の世話を行った。いつもと違《ちが》っても、伯爵は何も文句を言わず、おとなしく満足そうにしていた。

ピアノを置いた温室で、ゆったりと椅子《いす》にかけてセルバンティスに髪を拭《ふ》いてもらいながら、血を受け取った直後の躁《そう》状態を脱《だつ》して落ち着いた伯爵は、羞恥心《しゅうちしん》から思い出し怒りする。

「何が『必ず見つけてやる』だ……！」

気持ちに余裕《よゆう》がなかったとはいえ、豪語《ごうご》されたことを真に受けてしまった伯爵は、むかむかと腹立たしい。冷静になってよく考えれば、誰《だれ》かに頼《たよ》る必要なんて、どこにもなかったのだ。だから伯爵は屋敷の誰にも言わずに、ただ一人で出ていったのに。

「戻って来たのだから、文句はあるまい」

招いてもいないのに、勝手に押しかけて夜のお茶の時間に堂々と居座る無礼者を、伯爵は菫《すみれ》色《いろ》の瞳《ひとみ》で睨《にら》む。

「うるさい……!」

喧嘩腰《けんかごし》の伯爵に、くすくすと笑いながら、金糸のように美しい伯爵の髪を乾かし終えたセルバンティスは、丁寧《ていねい》に丁寧に梳《す》って、リボンで束ねる。

『お茶が飲み頃《ごろ》になっております』

「あぁ。もらおう」

伯爵はセルバンティスからお茶のカップを受け取り、それで喉《のど》を潤《うるお》す。一口含《ふく》んで、ふわりと頬の綻《ほころ》んだ伯爵を、セルバンティスは優しい笑《え》みを浮《う》かべて見つめる。

伯爵がセルバンティスを捜《さが》しに出たのは、セルバンティスの予想に反して、ジョシュア王子からベルナルド伯爵邸に、セルバンティスを保護したという連絡《れんらく》が入れられなかったからだ。どうしてだろうと考えて、セルバンティスは納得《なっとく》する。

(あんな場所で助けられたのですからね……)

常識で考えて、高位の貴族家である伯爵家の使用人が、あんな場所をあんな時間に徘徊《はいかい》しているものではない。訳ありだと考えて、ジョシュア王子はセルバンティスに理由を聞かなかったし、伯爵邸にも連絡しなかったのだろう。義手はなくしてしまい、恰好《かっこう》こそ無惨なものだったが、負った傷は掠《かす》り傷ばかりで、自力で歩いて帰れる程度だった。夜中に大騒《おおさわ》ぎするような状態ではない。

お茶を飲んで一息つき、伯爵はセルバンティスに言う。

「新しい義手を作ってくれるよう、ハニーデュークに頼《たの》んでおいた。不自由させるが、しばらく我慢《がまん》してくれ」

『はい』

「義手の対価は、伯爵家で払《はら》う。今後もだ。お前は何も支払わなくていい」

『坊《ぼっ》ちゃま……』

これ以上何も、セルバンティスからは奪わせない。強い瞳を向けられて、セルバンティスは深々と伯爵に頭を下げた。

伯爵に必要とされているセルバンティスが、執事を辞《や》めるはずがない。伯爵の側で仕える為《ため》には、前よりもいい、新しい義手が必要だろうと思っていたレオニールは、伯爵の言葉に安堵《あんど》した。

「――ジョシュア王子、か」

王子が怪物《かいぶつ》の研究を支援《しえん》していることは、軍部でも知られていたし、トールキンス侯爵から伝え聞いて、少なからず怪物と関《かか》わっている伯爵も知っている。研究班が怪物の亡骸《なきがら》を運び去っても、何ら不自然な点はない。

「連絡の行き違いになったのだろう」

軍部とは組織を別にし、そして時間も夜遅いとなれば、公務や様々な事で忙《いそが》しくしている王子に伺《うかが》いを立てるのも憚《はばか》られる。一言尋ねられればすぐに解決することも、朝まで保留となってしまうなんて、よくあることだ。

「そうならいい」

澄《す》ましてお茶を飲むレオニールに、むっと伯爵は眉《まゆ》を顰《ひそ》める。

「貴様、何が言いたい……？」

「別に」

(王子は何かを知っている)

聞きだすことはできないが、レオニールはそう思う。

極秘事項《ごくひじこう》だった、あの地下道のこと以外にも。きっと――。

「貴様、滅多《めった》な事を言うと、不敬罪で引っ張られるぞ」

渋《しぶ》い顔になる伯爵に、レオニールは不敵に微笑《ほほえ》む。

「『次』はないだろうな」

あの仮面の男が監視《かんし》についていることからも、それは明白だ。

「わかっているなら、自重しろ……！」

いくらここには伯爵とセルバンティスしかいなくても。口を尖《とが》らせる伯爵に、レオニールは言う。

「俺に何かあったら、伯爵が泣くからな」

さらりと言い放たれ、伯爵は一瞬《いっしゅん》息を詰《つ》める。

「だっ、誰が貴様の為に泣くかぁっ!!」

『ぼ、坊ちゃま……っ!』

屋敷《やしき》の他《ほか》の者たちは皆《みな》休んでいる真夜中に、温室であれ、大声で力いっぱい怒鳴《どな》った伯爵に、セルバンティスは仰天《ぎょうてん》する。柔らかそうな頰《ほお》をバラ色に染めて、烈火《れっか》の如《ごと》く怒《おこ》る伯爵に、笑いながら暇《いとま》を告げたレオニールは、風のように立ち去った。

逃《に》げ足の速いレオニールに憤慨《ふんがい》し、ぐっと伯爵は拳《こぶし》を握《にぎ》る。

（あの馬鹿《ばか》者……!）

先祖から受け継《つ》いだ負の遺産、呪《のろ》わしい血で結ばれた対《つい》の吸血鬼《きゅうけつき》。相互依存《そうごいぞん》の関係にあり、欠くべからざる存在で、何かがあれば困るのはお互《たが》い様だ。泣くなどという、生易しいことですむはずはないのに――。

フェルナンドの仕事は几帳面《きちょうめん》で誠実な性格そのままで、砕《くだ》け散ったセルバンティスの義手の残骸《ざんがい》は、ひとつ残らず回収されていた。夜を徹《てっ》して行ったランディオールの作業によって、壊《こわ》れたセルバンティスの義手は、見事に継ぎ合わされて元の形状に戻った。

「――で、この傷なんですが」

伯爵たちの朝食の給仕《きゅうじ》を行った後、公務に出かけた弟伯爵を見送り、温室でピアノを弾《ひ》く兄伯爵と花の手入れをするセルバンティスと別れて、ランディオールは朝帰りしたハニーデュークを捕《つか》まえて、継ぎ合わせた義手を見せる。

大欠伸《おおあくび》で客間に入り、目を擦《こす》りながらしぶしぶランディオールに付き合わされて、テーブルの上に置かれた義手を眺《なが》めたハニーデュークは、指差された場所を見て、むっと眉を顰める。

「……狙《ねら》われた、ってことかな？」

金属が爆《は》ぜたようになっているのは、構造上装甲《そうこう》が薄《うす》く、もっとも弱くなるだろう手首の部分だ。

「狙撃《そげき》されてます」

ランディオールは頷《うなず》く。こんな場所に、偶然《ぐうぜん》に銃弾《じゅうだん》が当たるわけはない。

「義手は僕の芸術品だ。まったく、気に入らないね」

吐《は》き捨てるように言ったハニーデュークは、そっと慈《いつく》しむように、継ぎ合わされた義手を撫《な》でる。セルバンティスの義手は、優雅《ゆうが》で繊細《せんさい》な動きができるよう、最初の調整に時間をかけたし、仕掛《しか》けにも凝《こ》った。こまめに点検をして、故障箇所《かしょ》がないか確認《かくにん》している。装着して使用しているのはセルバンティスだが、製作者として、愛着もひとしおだ。

「こういうふざけた真似をする悪い子は、切り刻んで液体に漬《つ》けて、身体《からだ》の奥の奥まで晒《さら》し者にしても飽《あ》き足らないよ」

かなり本気が入っているハニーデュークは、笑顔だが、目がコワイ。

（この人は、信じられる）

酒浸《さけびた》りで強欲で、勝手気儘《きまま》だが、己《おのれ》の仕事に対しては、誠実であり誇《ほこ》り高い。

判断して、ランディオールは言う。

「昨日手術していただいた、わたしが連れ帰りました男――」

「あぁ。キミ、応急処置上手だね。ここを追い出されたら、いつでもおいで。いろいろ便利だし、面白《おもしろ》そうだから、僕の助手にしてあげるよ」

あながち冗談《じょうだん》でもないハニーデュークの誘《さそ》いを聞き流し、ランディオールは続ける。

「連れ出したのを見つかって追われて撃《う》たれたのではなく、どこか、建物の上のほうから狙撃されました。伯爵が馬車を停《と》めた場所の情報が漏《も》れた虞《おそれ》があります」

「まさか」

「でもそう考えると、辻褄《つじつま》が合う。昨夜、あの場所に怪物が現れたのも、タイミングがよすぎるように思えます」

語るランディオールに、ふむと唸《うな》ってハニーデュークは肩《かた》を竦《すく》める。

「で？」

「朝、昨日侯爵邸で馬車を修理した職人をこちらに呼んで、確認させました。昨夜伯爵が乗られた馬車は、封印《ふういん》が壊されていました」

「何だって？」

それでは、伯爵はわざわざ怪物を誘き寄せ、危険に身を晒したということではないか。

「可愛《かわい》い伯爵サマに対して、それは許し難《がた》いな」

深刻な表情のハニーデュークだが。

(伯爵の身に何かあれば、毎日、美味《うま》い酒飲み放題の楽園生活ともおさらばだからな)

吸血鬼化したベルナルド伯爵の主治医も、本人がいなくなってしまえば必要ない。ハニーデュークの義手を求めたセルバンティスも、仕える主人がいないのなら、義手など不要となるだろう。

利害という点で、ハニーデュークの立ち位置は、とてもわかりやすい。

うっとうしがられるほど孫を猫可愛《ねこかわい》がりしているトールキンス侯爵は、伯爵に貸し出す古い馬車を、きちんと修理し、封印の役を果たすようにして届けさせた。

ノックの音がして、ハニーデュークは継ぎ合わされた義手に布をかける。ランディオールは扉《とびら》を開く。

訪問者はマーゴットだった。

「あら、ランディさん」

「継ぎ合わせの終わった義手を、運ばせていただいたんです」

にっこりとランディオールは微笑み、マーゴットに尋《たず》ねる。

「何かハニーデューク先生に御用《ごよう》ですか?」

「ええ。――――こちら、先生のお薬でございますか？」

客間に入ったマーゴットに、薬包紙に包まれた薬をハニーデュークに見せる。台所を任されているマーゴットは、屋敷の者が服用している薬にも気を遣《つか》う。薬の成分の関係で、口にしないほうがいい物もあるのだ。献立《こんだて》や材料に気を配らなくてはならない。

「いや。僕が処方したものじゃないよ」

一瞥《いちべつ》し、ハニーデュークは迷わず断言する。

「そうでございますか……」

マーゴットは思案するような目で、薬包紙を見つめる。

「シュタインベック先生では？」

言ったランディオールに、マーゴットは首を横に振《ふ》る。

「先にお伺《うかが》いいたしました」

シュタインベック医師の処方した薬ではない。

「それ、いったい誰《だれ》の薬なのかな？」

何の薬なのかは、本人に聞いたほうがずっと早い。尋ねたハニーデュークに、マーゴットは答えた。

「セルバンですの」

洗濯《せんたく》をするためにポケットから出された物のひとつが、たまたま落ちていて、マーゴットがそれを拾ったのだ。

「わたしたち坊《ぼっ》ちゃまに心配させまいと、セルバンはすぐに気を遣うでしょう？　黙《だま》ってお薬をいただいていたのかしらと思いまして」

しかし、伯爵に仕えているセルバンティスは、屋敷の外の診療所《しんりょうじょ》に通って診察を受けて薬を処方してもらえるほど、自由な時間があるわけではない。

「侯爵様のところでいただいたのかしら」

トールキンス侯爵邸にいる、侯爵の主治医に相談すれば、薬を手に入れることはできるだろうが――。

「それ、見せてもらってもいい？」

にっこり微笑《ほほえ》んで差し出されたハニーデュークの手に、マーゴットは薬包紙を載《の》せる。

「ふむふむ、どれどれ……」

他人の作った薬を見るのは、成分当てクイズのようで、ハニーデュークは面白い。薬包紙を開いたハニーデュークは、形が綺麗《きれい》に整った錠剤《じょうざい》を、惚《ほ》れ惚れと眺める。

「うーん、いい腕《うで》をしてる」

薬包紙の折り方も綺麗なら、錠剤の形も一級品だ。さて、どんな成分が含《ふく》まれているのだろうと、匂《にお》いを嗅《か》いだハニーデュークから、すうっと微笑みが消える。

「ハニーデューク先生？　どうかなさいまして？」

「……ランディくん、窓開けてくれるかな」

「はい」

言われて、ランディオールは窓を開ける。ハニーデュークは水差しを掴《つか》むと、開かれた窓辺に向かい、外に向かって水を撒《ま》く。

「先生⁉」

何事かとびっくりするランディオールに、窓の外に目をやったままハニーデュークは空になった水差しを渡《わた》す。薬包紙を開いたハニーデュークは、錠剤を水溜《みずた》まりに向かって投げた。

ピー！

ハニーデュークの指笛の音を聞いて近づいてきた小鳥が、水溜まりの水に気づく。

ちょん、ちょんと水溜まりの周りを遊ぶように飛び跳《は》ねた小鳥は、水溜まりの水を啄《つい》ばみ……。

血を吐いて倒《たお》れた。

「なっ⁉」

ランディオールは驚《おどろ》いて、倒れた小鳥を凝視《ぎょうし》し、マーゴットは悲鳴を封《ふう》じるように両手で口許を押さえる。

「毒だ」

小鳥をまっすぐに見つめ、ハニーデュークは硬《かた》い声で断言した。

「人間は小鳥よりも身体《からだ》が大きいから、あんなふうに致死量《ちし》になるというわけではないけれど、よくないね。セルバンくんは、何処《どこ》でどうやって、あの薬を手に入れたのかな？　誰が服《の》むはずの薬だったんだろうね」

一服盛られては、たまったものではない――。


「問い質《ただ》しましょう……！　セルバンは、まだ同じお薬を持っていますわ」

（まさか、自害するつもりで持ち歩いているわけではありませんよね……）

恐《おそ》ろしい考えに、マーゴットは背筋が寒くなる。セルバンティスにとって、主人である兄伯爵が世界の中心だ。伯爵を失う日のことを、思い描《えが》いているのだろうか――。

温室から、小さくピアノの音が聞こえる。セルバンティスは伯爵といっしょに、あそこにいる。


公務で外出した弟伯爵は、中央美術館で絵画賞の選考会に出席していた。

（みんな上手だなぁ……）

絵をまったく描かない弟伯爵は、専門的なことはわからない。それでも、この歴史ある中央美術館に飾《かざ》られることになる絵が増えるのは嬉《うれ》しい。

「よいと思った絵の番号を記して、中央に置かれた箱に入れなさい」

トールキンス侯爵に教えてもらって、投票用紙を貰《もら》い、弟伯爵は最終選考を通過して展示された絵を眺《なが》める。

(兄上は、どんな絵がお好きなのだろう)

兄伯爵が選ぶとしたら、どの絵だろうか。

(花の絵がいいかな。それとも……)

兄伯爵のことを思いながら、展示された絵の前を歩いていた弟伯爵は、一枚の絵の前で、はっとして足を止める。

(これ……)

満月に照らされる、静かなバラの花園《はなぞの》の絵。清らかな泉に、月が映っている。画面は静かで、高貴で、凛《りん》としていて。

(兄上みたいだ……)

「それ、気に入ったかい？」

ぼうっと見惚《みと》れていたところにすぐ近くから声をかけられ、弟伯爵は驚く。反射的に絵の前から退こうとした弟伯爵は、指の細いしなやかな手に、背後からがっちりと両肩《りょうかた》を摑まれる。

「ジョシュア王子――――！」

振り返った弟伯爵に、王子はにっこりと微笑む。

「綺麗な絵だよね。技術的にはまだまだだけど、とても素直《すなお》に描かれている。神秘的な気高さがよく伝わってくる」

「――――はい。わたしもそう思います」

弟伯爵はしっかりとそう言い、絵を見つめる。絵のことはよくわからないけれど、見つめているだけで、何だかとても誇《ほこ》らしい気分になった。

澄《す》んだ瞳《ひとみ》で楽しそうに絵を見つめている弟伯爵に、くすっとジョシュア王子は笑い、背後から肩《かた》を抱《だ》いたまま、伯爵の肩に顎《あご》を載せるようにして、絵を指差す。

「あそこ。夜なのに小鳥が隠《かく》れているよ」

「え？　あ、本当だ！」

目をきらきらさせて声を上げる弟伯爵に、ジョシュア王子はくすくすと笑う。背後から抱かれている身体に伝わる振動《しんどう》で、弟伯爵はジョシュア王子が笑っていることに気づく。

（うわ！）

「あ、あの、すみません……！」

はしゃいでしまった弟伯爵は、耳まで赤くなって恥《は》じる。

「いや、いいよ。絵を描いた者も、そんなふうに楽しく絵を見てもらいたかっただろうから。今度、いっしょに騙《だま》し絵を見ようか。きっととても楽しいよ」

（騙し絵？　騙し絵って、どんなのだろう）

興味を惹《ひ》かれ、目を輝《かがや》かせた弟伯爵に、ジョシュア王子は楽しそうに笑って、肩を抱いていた腕を解く。

「気に入ってくれればいいな」

「そんな……！」

弟伯爵はジョシュア王子に向き直り、急いで一礼する。

「もったいないお言葉です」

「じゃあ、招待状を送るから、待っていてね」

「はい」

勢いで、返事をしてしまってから、弟伯爵は内心青くなる。

（お誘《さそ》いを受けちゃった……！）

苦手で怖《こわ》いとか思っていた王子様と、お約束。

（どうしようどうしようどうしよう……！）

弟伯爵は動揺《どうよう》しまくりながらも、外面はにこやかにキープする。

「それじゃあ、約束の印に」

ジョシュア王子は近くにあった花瓶《かびん》に手を伸《の》ばし、そこから抜《ぬ》き取った真紅《しんく》のバラを、弟伯爵の胸に飾る。

「その花が萎《しお》れないうちに、招待状を書くからね」

にこりと微笑む王子の礼服の胸には、赤いルビーのブローチが輝いている。

（綺麗……）

「すてきなブローチですね」

兄伯爵と言葉が被《かぶ》ってしまっているかもしれないと、美しい輝きに魅《み》せられてぽろりと言ってしまってから気がついて、弟伯爵は内心うろたえる。

素直な賛辞に、王子は微笑《ほほえ》む。

「ありがとう。王家に代々受け継《つ》がれている宝石なんだ。とても気に入っているんだよ」

「――ジョシュア王子様……！」

美術館の館長が少し離《はな》れた場所から、遠慮《えんりょ》がちに王子を呼んだ。

「あぁ、今行く！――それじゃあ、またね」

ジョシュア王子は伯爵にそう言って、爽《さわ》やかに立ち去った。

金色の髪《かみ》の可愛《かわい》らしい少年伯爵と、王子が仲良く歓談《かんだん》していた姿を微笑ましい気分で見つめていた貴族たちは、立ち去る王子に一礼し、絵の選考作業を続ける。

（帰ったら、兄上にご報告しないと……）

騙し絵というものには興味はあるが、ジョシュア王子のお誘いである。どうしたものだろうかと、弟伯爵は途方《とほう》に暮れた。

渡り廊下《ろうか》を使い、美術館員たちとともに別室に向かうジョシュア王子の姿を、中庭の樹木の陰《かげ》から、仮面の男はそっと見つめる。

(直したブローチをつけてくださっている……)

あの大粒《おおつぶ》の赤い宝石は、長い金髪《きんぱつ》の王子にとてもよく似合う。何事もなかったかのように身につけられているブローチに、仮面の男はほっと安堵《あんど》の息を吐《は》いた。


「……監視《かんし》してる奴《やつ》はいないぞ」

窓を開けて外の様子を窺《うかが》うレオニールに、フェルナンドは呆《あき》れる。

「いや、監視してる奴がいなくても、お前は療養休暇《りようようきゆうか》中なんだから」

体力をあり余らせて、外をうろつきまわるのは、大概《たいがい》にしてもらいたい。

振《ふ》り返って、フェルナンドが支度《したく》した染《し》み落としの道具と、怪物《かいぶつ》の血で汚《よご》れた軍服を見て、レオニールは溜《た》め息を吐く。

「俺か？」

その洗濯《せんたく》をするのは。

「お前だろ、やっぱり」

「いや、決まってないぞ。新しいのを買ったほうが、絶対に早い。その間、お前のを貸せ」

「階級章が違《ちが》うよ。療養休暇中に、制服を着潰《きつぶ》す奴がどこの世界にいるんだ」

「どこかにいるだろう。探せ。面倒《めんどう》がるな」

「面倒臭《くさ》がりは、お前だろ……。心配するな。時間は腐《くさ》るほどあるよ、レオン」

(それよりも……)

怪物の出現を知らせる為《ため》とはいえ、レオニールが使った発火弾《だん》を、誰《だれ》が使ったものなのか、どうやってごまかすかの方が、フェルナンドには頭の痛い事項《じこう》だった。

ピアノを弾《ひ》く手を休め、熱い血を温存する為のお昼寝《ひるね》に、簡易ベッドに横になりながら、伯爵は温室に降り注ぐ温かな光を浴びる。

「ルディはうまくやっているかな」

『ご心配には及《およ》びませんよ。坊《ぼっ》ちゃまの弟君なのですから』

セルバンティスは伯爵に、ふわふわのウールケットをかける。

『おやすみなさいませ、坊ちゃま』

そっと寝《ね》かしつけられ、伯爵は幸せそうに微笑みながら目を閉じた。

「おやすみ、セルバン」

Intermission of Mr Summer Time

真上で輝《かがや》いていた太陽がいくらか傾《かたむ》き、影《かげ》が伸《の》びるようになった頃《ころ》、ベルナルド伯爵邸《はくしゃくてい》は午後のお茶の時間を迎《むか》えた。

「では、坊《ぼっ》ちゃま。どうぞ」

テラスの端《はし》に、大きな樽《たる》に綺麗《きれい》な水を張ったものを支度し、マーゴットは兄伯爵を促《うなが》す。

「うむ」

悠然《ゆうぜん》と進み出た伯爵は、ドレスシャツの上に羽織っていた薄手《うすで》の上着を脱《ぬ》いで、セルバンティスに渡《わた》す。同じく軽装になったオースティンは、綺麗に磨《みが》き上げた草刈《くさか》り鎌《がま》を構える。

「ベルナルド伯爵の名において命じる。——速やかに凍《い》てつけ！」

「はぁぁ……！　やっ！　やっ！　やっ！　やっ！　とうっ！」

厳粛《げんしゅく》に命じ、蝶《ちょう》が花にとまるよりも軽やかに、白い指先で樽に触《ふ》れた伯爵は人外の跳躍力《ちょうやく》で速やかに退き、オースティンの振《ふ》るう大鎌《がま》が樽を薙《な》ぐ。最初の一撃《いちげき》で樽は箍《たが》を弾《はじ》き飛ばされバラけ、見事に凍《こお》りついていた即席《そくせき》の氷柱が、鎌の刃《は》にさくさくさっくりと削《けず》られた。

本日のお茶菓子《がし》『カキ氷』。

『坊ちゃまには、氷イチゴ練乳掛《が》けです』

「ハニーデューク先生はカルーアミルク掛け、オーサは宇治金時――。ルディ様は、坊ちゃまと同じでよろしゅうございますか？」

「い、いいえ、あの、僕は……」

「カルピス薄《うす》め、チェリーひとつでお願いします」

むわんと香《かお》る練乳に既《すで》にKO状態の弟伯爵を、すかさずランディオールがフォローする。

「かしこまりました。さぁさ、ぐずぐずしないで」

削ったばかりの氷が溶《と》けないうちにと、マーゴットはメイドに指示を与《あた》えて、さくさくとカキ氷の器を仕上げていく。ちなみに、マーゴットはみぞれ、ミリアムはオレンジだ。

うだるような暑さのなか、炎天下《えんてんか》の巡回《じゅんかい》を終えてきたレオニールとフェルナンドは、伯爵邸の敷地《しきち》に足を踏《ふ》み入れた途端《とたん》に感じた心地よい冷気に、ほっと一息つき、感心する。

「――夏向きだな。連れて帰るか」

「レオン、伯爵はお前の抱《だ》き枕《まくら》には、なってくれないと思うぞ？」

レオニールの考えていることが手に取るようにわかったフェルナンドは、伯爵に失礼にならないよう、先に釘《くぎ》を刺《さ》しておく。

「あらあら、ちょうどいいところにいらっしゃいましたわ。お二人は何になさいます?」

賑《にぎ》わっている日陰《ひかげ》側の庭のテラスに回って訪問したレオニールたちを見つけて、マーゴットはにっこり尋《たず》ねる。氷の山を盛られた皿を見たフェルナンドは、レオニールが伯爵の機嫌《きげん》を損ねそうな暴言を吐《は》く前に、急いで答える。

「レオンにはブルーハワイを。自分はメロンをいただきます……!」


冷たい氷で、小休止。


「――――生き返る」

「貴様のような奴《やつ》は、生き返らんでもよい……!」

ほっと一息つくレオニールに、拉致《らち》されて膝《ひざ》に抱《かか》えられた伯爵は、不機嫌に言い返す。

『今回は、星香先生も担当さんも、半死人状態でしたね、坊ちゃま』

「期限ギリギリだったらしいからな」

『印刷屋さん、校閲《こうえつ》さんも、大変お疲《つか》れ様《さま》でした』

「絵師のおおき先生にも、大変ご迷惑《めいわく》をかけて、本当に申し訳ありませんでした。ステキ絵、ありがとうございます」

「フェル、緑色の口で喋《しゃべ》ると、お前、気持ち悪いぞ」

「そう言う隊長さんは、舌青いねぇ」

氷菓子でもアルコールのハニーデュークは、くすくすと笑う。

美味しく氷を味わって、弟伯爵は考える。

「溜《た》め込んだ宿題で苦しむ、8月31日の学生さんたちのようですね♡」

にこにこと無邪気《むじゃき》に微笑《ほほえ》む弟伯爵の近くで、氷レモンを口に運びながら、ランディオールは溜め息《いき》を吐く。

(いや、何かそれ、笑えねーから！)

未来の自分に期待するのは、ほどほどにしたほうがよさそうです。

お買い上げ、まことにありがとうございました♡

二〇〇八年七月四日　夏にはアイスキャンデーを冷凍《れいとう》庫キープ♡　流　星　香

おまけマンガ 少年伯爵は月影に慕う

おおきぼん太

「趣向を変えて」

BEANS BUNKO

「少年伯爵は月影に慕う」の感想をお寄せください。
おたよりのあて先
〒102-8078 東京都千代田区富士見2-13-3
角川書店ビーンズ文庫編集部気付
「流星香」先生・「おおきぼん太」先生
また、編集部へのご意見ご希望は、同じ住所で「ビーンズ文庫編集部」
までお寄せください。

少年伯爵《しょうねんはくしゃく》は月影《つきかげ》に慕《した》う

流《ながれ》 星香《せいか》

角川ビーンズ文庫　BB14-14　　15267

平成20年8月1日　初版発行

発行者——井上伸一郎
発行所——株式会社角川書店
東京都千代田区富士見2-13-3
電話/編集(03)3238-8506
〒102-8078
発売元——株式会社角川グループパブリッシング
東京都千代田区富士見2-13-3
電話/営業(03)3238-8521
〒102-8177
http://www.kadokawa.co.jp
印刷所——暁印刷　製本所——BBC
装幀者——micro fish

ISBN978-4-04-445614-6 C0193 定価はカバーに明記してあります。